捧读文化
触及身心的阅读

以温柔的方式过一生

方式过一生

女子生活之美

冰心
毕淑敏
等著

北京燕山出版社
YSP BEIJING YANSHAN PRESS

图书在版编目（CIP）数据

以温柔的方式过一生：女子生活之美 / 冰心, 毕淑
敏等著. -- 北京：北京燕山出版社, 2020.5
　　ISBN 978-7-5402-4833-8

　　Ⅰ.①以… Ⅱ.①冰… ②毕… Ⅲ.①中国文学－现
代文学－作品综合集②中国文学－当代文学－作品综合集
Ⅳ.①I216.1

　　中国版本图书馆CIP数据核字(2020)第103145号

以温柔的方式过一生：女子生活之美

作　　者：冰心　毕淑敏　等
责任编辑：王月佳
装帧设计：仙境设计
出版发行：北京燕山出版社
社　　址：北京市丰台区东铁匠营苇子坑138号C座
电　　话：010-65240430
印　　刷：天津创先河普业印刷有限公司
开　　本：880mm×1240mm 1/32
字　　数：145千字
印　　张：9
版　　次：2021年1月第1版
印　　次：2021年1月第1次印刷
定　　价：48.00元

凡例

《以温柔的方式过一生》收录了从民国到当代21位名家关于生活的充满真知灼见的散文、小说等。由于时代的变迁，书中某些字词的运用已经不符合现今读者的阅读习惯，部分遣词造句方式也与今日不同，内容上有前后不统一的现象，标点符号的运用与现行的规范也有一定区别。

因此，我们在参照权威版本的基础上，一方面尽量保持原作的风貌，未作大的改动；另一方面也根据现代阅读习惯及汉语规范，对原版行文明显不妥处酌情勘误、修订，从标点到字句再到格式等，都制定了一个相对严谨的校正标准与流程。

除有出处的引文保持原文外，具体操作遵从以下凡例：

一、标点审校，尤其是引号、分号、书名号、破折号等的使用，均按照现代汉语规范进行修改。但为尊重作家的语感和习惯，顿号和逗号的用法没有作严格的区分。

二、原版中的异体字，均改为现代通用简体字。

三、民国时期的通用字，均按现代汉语规范进行语境区分。如："的""地""得""底"酌情改为"的""地""得"，

"那"酌情改为"哪"，"么"酌情改为"吗"等。

四、词语发生变迁的，均以现代汉语标准用法统一修订，如："甚么"改"什么"、"惟一"改"唯一"、"发见"改"发现"、"想像"改"想象"等。

五、外文书名、篇名均改为斜体。

六、引文部分用楷体、上下空行，左右向内缩进二个字符，以与正文区别。

七、酌情补注，简短为宜，注释方式为篇后注。注释如无特别说明，均为编者注。

八、书中各篇标题、落款、注释等编辑元素统一设计处理（包括字体、字号、间距等设计元素）。

限于水平，难免有谬误之处，还望读者海涵。

作家名录

（按出生日期排序）

　　鲁迅（1881.9.25—1936.10.19）：原名周樟寿，后改名周树人，字豫才，绍兴府会稽县(今浙江省绍兴市绍兴县)人。其主要成就包括杂文、短中篇小说、文学、思想和社会评论、古代典籍校勘与翻译等。他原本就读于日本仙台医学专门学校，后弃医从文，成为著名的作家和民主战士。其主要代表作品有《阿Q正传》《伪自由书》《热风》等。

　　胡适（1891.12.17—1962.2.24）：原名嗣穈，学名洪骍，字希疆，后改名胡适，字适之，徽州绩溪人，著名思想家、文学家、哲学家。他以倡导"白话文"、领导新文化运动闻名于世。胡适1918年加入《新青年》编辑部，与陈独秀共同成为了新文化运动的领袖。他的文章从理论角度阐释了新旧文学的区别，翻译了众多国外名家的著作，又率先从事了白话文学的创作。其主要著作有《中国哲学史大纲》（上）《尝试集》《白话文学史》（上）和《胡适文存》等。

邹韬奋（1895.11.5—1944.7.24）：原名恩润，中国记者、出版家。其创办的生活书店为三联书店前身之一，著有《韬奋文集》《经历》《小言论》《萍踪忆语》《萍踪寄语》《抗战以来》《患难余生记》。

彭家煌（1898.4.1—1933.9.4）：出生于湖南湘阴县（今汨罗市李家塅镇），中国早期乡土文学作家。代表作有《活鬼》《怂恿》。

庐隐（1898.5.4—1934.5.13）：原名黄淑仪，又名黄英，福建省闽侯县南屿乡人，与冰心、林徽因并称为"福州三大才女"。庐隐的文学风格深受文学研究会的影响，强调"为人生"，作品表现了底层人民生活的苦难，提倡人道主义的"善"和"同情"。"五四运动"前期，庐隐的作品主要是"社会问题小说"，后期则是"心理问题小说"。其主要代表作品有《海滨故人》《象牙戒指》《地上的乐园》等。

朱自清（1898.11.22—1948.8.12）：原名自华，号秋实，中国近代散文家、诗人、学者、民主战士。朱自清在北大学习期间，积极参加"五四运动"和平民教育讲演团；1919年，开始发表诗歌，其诗作清新明快，在诗坛上凸显了自己的特色；1922年，他与俞平伯等人创办《诗》月刊，积极参加新文学运动；1925年，开始研究中国古典文学，创作则以散文为主。其主要代表作品有《毁灭》《背影》《春》《欧游杂记》等。

郑振铎（1898.12.19—1958.10.17）：浙江温州人，原籍福建长乐，是杰出的爱国主义者和社会活动家、作家、诗人、学者、文学评论家。他于1919年参加"五四运动"并开始发表作品；1920年与茅盾等人发起成立文学研究会，创办《文学周刊》与《小说月报》，曾任上海商务印书馆编辑，《小说月报》主编，上海大学教师，《公理日报》主编。其主要代表作品有《家庭的故事》《海燕》《蛰居散记》等。

瞿秋白（1899.1.29—1935.6.18）：号熊伯，字秋白，出生于江苏常州，作家、诗人、翻译家、文学评论家。

老舍（1899.2.3—1966.8.24）：原名舒庆春，字舍予，北京满族正红旗人，中国现代作家、语言大师，第一位"人民艺术家"称号获得者。他于1921年在《海外新声》上发表《她的失败》，这是迄今为止发现的老舍的最早的一篇作品；1926年，他在《小说月报》上连载长篇小说《老张的哲学》。其主要代表作品有《骆驼祥子》《四世同堂》《茶馆》等。

闻一多（1899.11.24—1946.7.15）：湖北省黄冈市浠水县人，中国诗人、学者、爱国主义者和民主主义者，中国现代作家。

冰心（1900.10.5—1999.2.28）：本名谢婉莹，福建省福州市长乐人，中国现代女作家，晚年被尊称为"文坛祖母"。代表作有《繁星·春水》《寄小读者》。

石评梅（1902.9.20—1928.9.30）：原名汝璧，山西省平定县人，中国近现代女作家、革命活动家，"民国四大才女"之一。石评梅在念书期间，就展现了对文学创作的热爱，曾在《晨报副刊》连载长篇游记《模糊的余影》，并编辑了《京报副刊·妇女周刊》与《世界日报副刊·蔷薇周刊》。她一生创作了许多作品，以诗歌见长，有"北京著名女诗人"之誉。其主要代表作品有《红鬃马》《匹马嘶风录》《涛语》等。

柔石（1902.9.28—1931.2.7）：原名赵平复，中国浙江省宁海人（今宁海县城西门有柔石故居），作家，"左联五烈士"之一。

林徽因（1904.6.10—1955.4.1）：原名林徽音，中国著名建筑师、诗人，民国初年女子地位提升的代表人物之一。青年时期在诗歌、小说、散文、话剧等领域均有著作，时人称为"才女"，而后专攻建筑。代表作有诗歌《你是人间四月天》《九十九度中》《窗子以外》等。

梁遇春（1906—1932）：福建闽侯人，中国现代作家、翻译家。有译作《近代论坛》《英国诗歌选》等。1926年开始陆续在《语丝》《奔流》《骆驼草》《现代文学》《新月》等刊物上发表散文，后集结出版散文集《春醪集》《泪与笑》。散文富有才气，顾盼生姿。

缪崇群（1907—1945.1.18）：笔名终一，江苏省六合县人。缪崇群才华横溢，在小说以及散文领域著作颇丰，也曾翻译《现代日本小品文》。他的散文关注小人物的悲喜，清新淡雅，极富诗情画意。他的代表作有《晞露集》《寄健康人》等。

陆蠡（1908—1942.4）：原名陆考源，字圣泉，笔名陆蠡，另有笔名陆敏、卢蠡、大角等，中国现代散文家和翻译家，曾翻译《鲁滨孙漂流记》《寓言诗》《希腊神话》等。陆蠡的散文凝炼质朴，富有秀美的韵味，代表作有《海星》《竹刀》（后改名《山溪集》）与《囚绿记》。

叶紫（1910.11.15—1939.10.5）：原名余昭明，又名余鹤林，生于湖南省益阳县月塘湖乡，中国现代作家。1932年，与陈企霞共同创办《无名文艺》杂志。同年，加入左联。1939年病逝于湖南益阳县。代表作有《丰收》《火》。

萧红（1911.6.1—1942.1.22）：本名张廼莹，笔名萧红、悄吟、田娣、玲玲，黑龙江省呼兰县（今哈尔滨市呼兰区）人，民国时期著名女作家。萧红一生流离坎坷，却能以悲悯的胸怀关注人的生存境遇，作品情感基调悲喜交杂，语言风格、写作视角和行文结构独树一帜，代表作为《生死场》《呼兰河传》。

邓拓（1912.2.26—1966.5.18）：原名邓子健、邓云特，笔名马南邨，左海等。福建闽县（今福州）人。中共宣传战线重要成员，长期担任《人民日报》社长等中央主要宣传机构领导职务。著有《燕山夜话》《三家村札记》等杂文集。

毕淑敏（1952.10—　）：中国当代女作家，心理咨询师。曾在西藏阿里地区担任部队医生11年之久；转业后，任内科主治医师。毕淑敏从1986年开始发表文学作品，有代表作《昆仑殇》《红处方》等。毕淑敏的每部作品都以生命和死亡为主题，长期在西藏高原工作的生活体验和工作经验是她的灵感源泉。

目 录

卷 一　牵挂一个人，是长久的回忆

卷 二　　总有一个人，遗落在时光里

卷 三　千种人生，不抵灯火可亲

卷一

牵挂一个人，是长久的回忆

房东

庐隐

当我们坐着山兜^①，从陡险的山径，来到这比较平坦的路上时，兜夫"唉哟"地舒了一口气，意思是说"这可到了"。我们坐山兜的人呢，也照样深深地舒了一口气，也是说："这可到了！"因为长久的颠簸和忧惧，实在觉得力疲神倦呢！

这时我们的山兜停在一座山坡上，那里有一所三楼三底的中国化的洋房。若从房子侧面看过去，谁也想不到那是一座洋房，因为它实在只有我们平常比较高大的平房高，不过正面的楼上，却也有二尺多阔的回廊，使我们住房子的人觉得满意。并且在我们这所房子的对面，矗立着无数的山峦。当晨曦窥云的时候，我们睡在床上，可以看见万道霞光，从山背后冉冉而升，跟着雾散云开，露出艳丽的阳光，再加着晨气清凉，稍带冷意的微风，吹着我们不曾掠梳的散发，真有些感觉到了环境的松软，虽然比不上列子御风②那么飘逸。至于月夜，那就更说不上来的好了。月光本来是淡青色，再映上碧绿的山景，另是一种翠润的色彩，使人目怡神飞，我们为了它们的倩丽往往更深不眠。

这种幽丽的地方，我们城市里熏惯了煤烟气的人住着，真是有些自惭形秽，虽然我们的外表强似他们乡下人，凡从城里来到这里的人，一个个都仿佛自己很明白什么似的，但是他们乡下人至少要比我们离大自然近得多，他们的心要比我们干净得多。就是我那房东，她的样子虽特别的朴质，然而她却比我们这些好像知道什么似的人，更知道些。也比我们天天讲自然趣味的人，实际上更自然些。

可是她的样子，实在不见得美，她不但有乡下人特别红褐色的皮肤，并且她左边的脖项上长着一个盖碗大的肉瘤。我第一次看见她的时候，对于她那个肉瘤很觉厌恶，然而她那很知足而快乐的老面皮上，却给我很好的印象。倘若她只以右边没长瘤的脖项对着我，那倒是很不讨厌呢！她已经五十八岁了，她的老伴比她小一岁，可是他俩所做的工作，真不像年纪这么大的人。他俩只有一个儿子，倒有三个孙子，一个孙女儿。

他们的儿媳妇是个瘦精精的妇人，她那两只脚和腿上的筋肉，一股一股的隆起，又结实又有精神。她一天到晚不在家，早上五点钟就到田地里去做工，到黄昏的时候，她有时肩上挑着几十斤重的柴来家了。那柴上斜挂着一顶草笠，她来到她家的院子里时，把柴担从这一边肩上换到那一边肩上时，必微笑着同我们招呼道："吃晚饭了吗？"当这时候，我必想着这个小妇人真自在，她在田里种着麦子，有时插着白薯秧，轻快的风吹干她劳瘁的汗液；清幽的草香，阵阵袭入她的鼻观。有时可爱的百灵鸟，飞在山岭上的小松柯里唱着极好听的曲子，她心里是怎样的快活！当她向那小鸟儿瞬了一眼，手下的秧子不知不觉已插了许多了。

在她们的家里，从不预备什么钟，她们每一个人的手上也永没有戴什么手表，然而她们看见日头正照在头顶上便知道午时到了，除非是阴雨的天气，她们有时见了我们，或者要问一声：师姑，现在十二点了吧！据她们的习惯，对于做工时间的长短也总有个准儿。

住在城市里的人每天都能在五点钟左右起来，恐怕是绝无仅有，然而在这岭里的人，确没有一个人能睡到八点钟起来。说也奇怪，我在城里头住的时候，八点钟起来，那是极普通的事情，而现在住在这里也能够不到六点钟便起来，并且顶喜欢早起，因为朝旭未出将出的天容，和阳光未普照的山景，实在别绕一种情趣。更奇异的是山间变幻的云雾，有时雾拥云迷，便对面不见人。举目唯见一片白茫茫，真有人在云深处的意味。然而霎那间风动雾开，青山初隐隐如笼轻绡。有时两峰间忽突起朵云，亭亭如盖，翼蔽天空，阳光黯淡，细雨靡靡，斜风潇潇，一阵阵凉沁骨髓，谁能想到这时是三伏里的天气。我忆记得古人词有"采药名山，读书精舍，此计何时就？"③这是我从前一读一怅然，想望而不得的逸兴幽趣，今天居然身受，这是何等的快乐！更有我们可爱的房东，每当夕阳下山后，我们坐在岩上谈说时，她又告诉我们许多有趣的故事，使我们想象到农家的乐趣，实在不下于神仙呢。

女房东的丈夫，是个极勤恳而可爱的人，他也是天天出去做工，然而他可不是去种田，他是替村里的人，收拾屋漏。有时没有人来约他去收拾时，他便戴着一顶没有顶的草笠，把他家的老母牛和老公牛，都牵到有水的草地上，拴在老松柯上，他坐在草地上含笑看他的小孙子在水涯旁边捉蛤蟆。

不久炊烟从树林里冒出来，西方一片红润，他两个大的孙子从家塾里一跳一踯地回来了。我们那女房东就站在斜坡上叫道："难民仔的公公，回来吃饭。"那老头答应了一声"来了"，于是慢慢从草地上站起来，解下那一对老牛，慢慢踱了回来。那女房东在堂屋中间摆下一张圆桌，一碗热腾腾的老倭瓜，一碗煮糟大头菜，一碟子海蜇，还有一碟咸鱼，有时也有一碗鱼鲞炖肉。这时他的儿媳妇抱着那个七八个月大的小女儿，喂着奶，一手抚着她第三个儿子的头。吃罢晚饭她给孩子们洗了脚，于是大家同坐在院子里讲家常。

我们从楼上的栏杆望下去，老女房东便笑嘻嘻地说："师姑！晚上如果怕热，就把门开着睡。"

我说："那怪怕的，倘若来个贼呢？……这院子又只是一片石头垒就的短墙，又没个门！"

"呵哟师姑！真真的不碍事，我们这里从来没有过贼，我们往常洗了衣服，晒在院子里，有时被风吹了掉在院子外头，也从没有人给拾走。倒是那两只狗，保不定跑上去。只要把回廊两头的门关上，便都不碍了！"

我听了那女房东的话，由不得称赞道："到底是你们村庄里的人朴厚，要是在城里头，这么空落落的院子，谁敢安心睡一夜呢？"

那老房东很高兴地道："我们乡户人家，别的能力没有，只讲究个天良，并且我们一村都是一家人，谁提起谁来都知道的，要是做了贼，这个地方还住得下去吗？"

我不觉叹了一声，只恨我不做乡下人，听了这返璞归真的话，由不得不心惊，不用说市井不曾受教育的人，没有天良；便是在我们的学校里还常常不见了东西呢！怎由得我们天天如履薄冰般的，掬着一把汗，时时竭智虑去对付人，哪复有一毫的人生乐趣？

我们的女房东，天天闲了就和我们说闲话儿，她仿佛很羡慕我们能读书识字的人，她往往称赞我们为聪明的人。她提起她的两个孙子也天天去上学，脸上很有傲然的颜色。其实她未曾明白现在认识字的人，实在不见得比他们庄农人家有出息。

我们的房东，他们身上穿着深蓝老布的衣裳，用着极朴质的家具，吃的是青菜萝卜白薯掺米的饭，和我们这些穿缎绸，住高楼大厦，吃鱼肉美味的城里人比，自然差得太远了。然而试量量身份看，我们是家之本在身，吃了今日要打算明日的，过了今年要打算明年的，满脸上露着深虑所渍的微微皱痕，不到老已经是发苍苍而颜枯槁了。

她们家里有上百亩的田，据说好年成可收七八十石的米，除自己吃外，尚可剩下三四十石，一石值十二三块钱，一年仅粮食就有几百块钱的裕余。此外还有一块大菜园，里面萝卜白菜，茄子豆角，样样俱全。还有白薯地五六亩，猪牛羊鸡和鸭子，又是一样不缺。并且那一所房除了自己住，夏天租给来这里避暑的人，也可租上一百余元，老母鸡一天一个蛋，老母牛一天四五瓶牛奶，倒是纯粹的奶子汁，一点不掺水的，我们天天向他买一瓶要一角二分大洋。他们吃用全都是自己家里的出产，每年只有进款加进款，却不曾消耗一文半个，他们舒舒齐齐地做着工，过着无忧无虑的日子。他们可说是"外干中强"，我们却是"外强中干"。只要学校里两月不发薪水，简直就要上当铺，外面再掩饰得好些，也遮不着隐忧重重呢！

我们的老房东真是一个福气人，她快六十岁的人了，却像四十几岁的人。天色朦胧，她便起来，做饭给一家的人吃。吃完早饭，儿子到村集里去做买卖，媳妇和丈夫，也都各自去做工，她于是把她那最小的孙女用极阔的带把她驮在背上，先打发她两个大孙子去上学，回来收拾院子，喂母猪，她一天到晚忙着，可也一天到晚地微笑着。逢着她第三个孙子和她撒娇时，她便把地里掘出来的白薯，递一片给他，那孩子嘻嘻地蹲在捣衣石上吃着。她闲时，便把背上的孙女放下来，抱着坐在院子里，抚弄着玩。

有一天夜里，月色布满了整个的山，青葱的树和山，更衬上这淡淡银光，使我恍疑置身碧玉世界，我们的房东约我们到房后的山坡上去玩，她告诉我们从那里可以看见福州。我们越过了许多壁立的巉岩，忽见一片细草平铺的草地，有两所很精雅的洋房，悄悄地站在那里。这一带的松树被风吹得松涛澎湃，东望星火点点，水光泻玉，那便是福州了。

那福州的城子，非常狭小，民屋垒集，烟迷雾漫，与我们所处的海中的山巅，真有些炎凉异趣。我们看了一会儿福州，又从这叠岩向北沿山径而前，见远远月光之下竖立着一座高塔，我们的房东指着对我们说："师姑！你们看见这里一座塔吗？提到这个塔，有一个很有趣的故事，我们这里相传已久了。——人们都说那塔的底下是一座洞，这洞叫作小姐洞，在那里面住着一个神道，是十七八岁长得极标致的小姐，往往出来看山，遇见青年的公子哥儿，从那洞口走过时，那小姐便把他们的魂灵捉去，于是这个青年便如痴如醉地病倒，吓得人们都不敢再从那地方来。——有一次我们这村子，有一家的哥儿只有十九岁，这一天收租回来，从那洞口走过，只觉得心里一打寒战，回到家里便昏昏沉沉睡了，并且嘴里还在说，小姐把他请到卧房坐着，那卧房收拾得像天宫似的。小姐长得极好，他永不要回来。后来又说某家老二老三等都在那里做工。他们家里一听这话，知道他是招了邪，因找了一个道士来家做法。第一次来了十几个和尚道士，都不曾把那哥儿的魂灵招回来；第二次又来了二十几个道士和尚，全都拿着枪向洞里放，那小姐才把哥儿的魂灵放回来！自从这故事传开来以后，什么人都不再从小姐洞经过，可是前两年来了两个外国人，把小姐洞旁的地买下来，造了一所又高又大的洋房，说也奇怪，从此再不听小姐洞有什么影响，可是中国的神道，也怕外国鬼子。——

现在那地方很热闹了，再没有什么可怕！"

我们的房东讲完这一件故事，不知想起什么，因问我道："那些信教的人，不信有鬼神……师姑！你们读书的人自然知道有没有鬼神了。"

这可问着我了，我沉吟半晌答道："也许是有，可是我可没看见过，不过我总相信在我们现实世界以外，总另有一个世界，那世界你们说它是鬼神的世界也可以，而我们却认为那世界为精神的世界……"

"哦！倒是你们读书的人明白……可是什么叫作精神的世界呵！是不是和鬼神一样？"

我被那老婆婆这么一问，不觉嗤的笑了，笑我自己有点糊涂，把这么抽象的名词和他们天真的农人说。现在我可怎样回答呢，想来想去，要免解释的麻烦，因嗫嚅着道："正是，也和鬼神差不多！"

好了！我不愿更谈这玄之又玄的问题，不但我不愿给她勉强的解释，其实我自己也不大明白，我因指着她那大孙子道："孩子倒好福相，他几岁了？"我们的房东，听我问她的孩子，十分高兴地答道："他今年九岁了，已定下亲事，他的老婆今年十岁了。"后又指着她第二个孙子道："他今年六岁也定下亲，他的老婆也比他大一岁，今年七岁……我们家里的风水，都是女人比丈夫大一岁，我比他公公大一岁，他娘比他爹大一岁……我们乡下娶媳妇，多半都比儿子要大许多，因为大些会做事，我们家嫌大太多不大好，只大着一岁，要算得特别的了。"

"吓！阿姆你好福气，孙子媳妇都定下了，足见得家里有，要不然怎么做得起。"我们中的老林很羡慕似的，对我们的房东说。

我不觉得有些好奇，因对那两个小孩望着，只见他们一双圆而黑的眼珠对他们的祖母望着……

我不免想这么两个无知无识的孩子，倒都有了老婆，这真是有点不可思议的事实。自然在我们受过洗礼的脑筋里，不免为那两对未来的夫妇担忧，不知他们到底能否共同生活，将来有没有不幸的命运临到他和她，可是我们的那老房东却觉得十分的爽意，仿佛又替下辈的人做成了一件功绩。

一群小鸡忽然啾啾地嘈了起来，那老房东说："又是田鼠作怪！"因忙忙地赶去看。我们怔怔坐了些时就也回来了，走到院子里，正遇见那房东迎了出来，指着那山缝的流水道："师姑！你看这水映着月光多么有趣……你们如果能等过了中秋节下去，看我们山上过节，那才真有趣，家家都放花，满天光彩，站在这高坡上一看真要比城里的中秋节还要有趣。"

我听了这话，忽然想到我来到这地方，不知不觉已经二十天了，再有三十天，我就得离开这个富于自然——山高气清的所在，又要到那充满尘气的福州城市去，不用说街道是只容得一辆汽车走过的那样狭，屋子是一堵连一堵排比着，天空且好比一块四方的豆腐般呆板而沉闷。至于那些人呢，更是俗垢遍身不敢逼视。

日子飞快地悄悄地跑了，眼看着就要离开这地方了。那一天早起，老房东用大碗满满盛了一碗糟菜，送到我的房间，笑容可掬地说："师姑！你也尝尝我们乡下的东西，这是我自己亲手做的，这几天才全晒干了，师姑你带到城里去，管比市上卖的味道要好，随便炒吃炖肉吃，都极下饭的。"

我接着说道："怎好生受，又让你花钱。"

那老房东忙笑道："师姑！真不要这么说，我们乡下人有的是这种菜根子，哪像你们城市的人样样都须花钱去买呢！"

我不觉叹道："这正是你们乡下人叫人羡慕而又佩服的地方，你们明明满地的粮食，满院的鸡鸭和满圈子的牛羊猪，是要什么有什么，可是你们样子可都诚诚朴朴的，并没有一些自傲的神气，和奢侈的受用……这怎不叫人佩服！再说你们一年到头，各人做各人爱做的事，舒舒齐齐地过着日子，地方的风景又好，空气又清，为什么人不羡慕？！……"

那老房东听了这话，一手摸着那项上的血瘤，一面点头笑道："可是的呢！我们在乡下宽敞清静惯了倒不觉得什么……去年福州来了一班耍马戏的，我儿子叫我去见识见识，我一清早起带着我大孙子下了岭，八点钟就到福州，我儿子说离马戏开演的时间还早咧，我们就先到城里各大街去逛，那人真多，房子也密密层层，弄得我手忙脚乱，实觉不如我们岭里的地方走着舒心……师姑！你就多住些日子下去吧！……"

我笑道："我自然是愿意多住几天，只是我们学校快开学了，我为了职务的关系，不能不早下去……这个就是城市里的人大不如你们乡下人自在呵！"

我们的房东听了这话，只点了一点头道："那么师姑明年放暑假早些来，再住在我们这里，大家混得怪熟的，热刺刺地说走，真有点怪舍不得的呢！"

可是过了两天，我依然只得热刺刺地走了，不过一个诚恳而温颜的老女房东的印象却深刻在我的心幕上——虽是她长着一个特别的血瘤，使人更不容易忘怀；然而她的家庭，和她的小鸡和才生下来的小猪儿……种种都充满了活泼泼的生机，使我不能忘怀——只要我独坐默想时，我就要为我可爱而可羡的房东祝福！并希望我明年暑假还能和她见面！

注释：

① 山兜：即供人乘坐的箅子。是山区的交通工具，作用与轿子相同。兜夫就是操控山兜的人。

② 列子御风：《庄子》中的一个典故，是说列子具有驾御风的能力，可以凭借风力到达一个地方。

③ 出自刘克庄《摸鱼儿》。刘克庄 (1187—1269)，字潜夫，号后村。福建莆田人，在南宋后期号称一代文宗。

我的老师

冰心

　　我永远忘不掉的，是 T 女士，我的老师。

　　我从小住在偏僻的乡村里，没有机会进小学，所以只在家塾里读书，国文读得很多，历史地理也还将就得过，吟诗作文都学会了，且还能写一两千字的文章。只是算术很落后，翻来覆去，只做到加减乘除，因为塾师自己的算学程度，也只到此为止。

　　十二岁到了北平，我居然考上了一个中学，因为考试的时候，校长只出一个"学然后知不足"的论说题目。这题目是我在家塾里做过的，当时下笔千言，一挥而就，校长先生大为惊奇赞赏，一下子便让我和中学一年级的学生同班上课。上课两星期以后，别的功课我都能应付自如，作文还升了一班，只是算术把我难坏了。

　　中学的算术是从代数做起的，我的算学底子太坏，脚跟站不牢，昏头眩脑，踏着云雾似的上课，T 女士便在这云雾之中，飘进了我的生命中来。

她是我们的代数和历史教员，那时也不过二十多岁吧。

"螓首蛾眉，齿如编贝"①这八个字，就恰恰的可以形容她。她是北方人，皮肤很白嫩，身体很窈窕，又很容易红脸，难为情或是生气，就立刻连耳带颈都红了起来，我最怕的是她红脸的时候。

同学中敬爱她的，当然不止我一人，因为她是我们的女教师中间最美丽、最和平、最善诱导的一位。她的态度，严肃而又和蔼，讲述时简单而又清晰。她善用譬喻；我们每每因着譬喻的有趣，而连带的牢记了原理。

第一个月考，我的历史得九十九分，而代数却只得了五十二分，不及格！当我下堂自己躲在屋角流泪的时候，觉得有只温暖的手，抚着我的肩膀，抬头却见 T 女士挟着课本，站在我的身旁。我赶紧擦了眼泪，站了起来。她温和地问我道："你为什么哭？难道是我的分数打错了？"

我说："不是的，我是气我自己的数学底子太差。你出的十道题目，我只明白一半。"她就软款温柔地坐下，仔细问我的过去。知道了我的家塾教育以后，她就恳切地对我说："这不能怪你。你中间跳过了一大段！我看你还聪明，补习一定不难，以后你每天晚一点回家，我替你补习算术吧。"

这当然是她对我格外的爱护，因为算术不合格，很有留级的可能；而且她很忙，每天抽出一个钟头给我，是额外的恩惠。我当时连忙答允，又再三道谢。回家去同母亲一说，母亲尤其感激，又仔细地询问 T 女士的一切，她觉得 T 女士是一位很好的老师。

　　从此我每天下课后，就到她的办公室，补习一个钟头的算术，把高小三年的课本，在半年以内赶完了。T 女士逢人便称道我的神速聪明。但她不知道我每天回家以后，用功直到半夜，因着习题的烦难，我曾流过许多焦急的眼泪，在泪眼模糊之中，灯影下往往涌现着 T 女士美丽慈和的脸，我就仿佛得了灵感似的，擦去眼泪，又赶紧往下做。

　　那时我住在母亲的套间里，冬天的夜里，烧热了砖炕，点起一盏煤油灯，盘着两腿坐在炕桌边上，读书习算。到了夜深，母亲往往叫人送冰糖葫芦，或是赛梨的萝卜，来给我消夜。直到现在，每逢看见孩子做算术，我就会看见 T 女士的笑脸，脚下觉得热烘烘的，嘴里也充满了萝卜的清甜气味！

　　算术补习完毕，一切难题，迎刃而解，代数同几何，我全是不费功夫地做着；我成了同学们崇拜的中心，有什么难题，他们都来请教我。因着 T 女士的关系，我对于算学真是心神贯注，竟有几个困难的习题是在夜中苦想，在梦里做出来的。我补完算术以后，母亲觉得对于 T 女士应有一点表示，她自己跑到福隆公司，买了一件很贵重的衣料，叫我送去。T 女士却把礼物退了回来，她对我母亲说："我不是常替学生补习的，我不能要报酬。我因为觉得令郎别样功课都很好，只有算学差些，退一班未免太委屈他。他这样的赶，没有赶出毛病来，我已经是很高兴的了。"母亲不敢勉强她，只得作罢。

有一天我在东安市场，碰见 T 女士也在那里买东西。看见摊上挂着的挖空的红萝卜里面种着新麦秧，她不住地夸赞那东西的巧雅，颜色的鲜明，可是因为手里东西太多，不能再拿，割爱了。等她走后，我不曾还价，赶紧买了一只萝卜，挑在手里回家。第二天一早又挑着那只红萝卜，按着狂跳的心，到她办公室去叩门。她正预备上课，开门看见了我和我的礼物，不觉嫣然地笑了，立刻接了过去，挂在灯上，一面说："谢谢你，你真是细心。"我红着脸出来，三步两跳跑到课室里，嘴里不自觉地唱着歌，那一整天我颇觉得有些飘飘然之感。

因着补习算术，我和她对面坐的时候很多，我做着算题，她也低头改卷子。在我抬头凝思的时候，往往注意到她的如云的头发、雪白的脖子、很长的低垂的睫毛，和穿在她身上稳称大方的灰布衫、青裙子，心里渐渐生了说不出的敬慕和爱恋。在我偷看她的时候，有时她的眼光正和我的相值，出神的露着润白的牙齿向我一笑，我就要红起脸，低下头，心里乱半天，又喜欢，又难过，自己莫名其妙。

从校长到同学，没有一个愿意听到有人向 T 女士求婚的消息。校长固不愿意失去一位好同事，我们也不愿意失去一位好老师，同时我们还有一种私意，以为世界上根本就没有一个男子，配作 T 女士的丈夫，然而向 T 女士求婚的男子，那时总在十个以上，有的是我们的男教师，有的是校外的人士。

我们对于 T 女士的追求者，一律地取一种讥笑鄙夷的态度。

对于男教师们，我们不敢怎么样，只在背地里替他们起上种种的绰号，如"癞蛤蟆""双料癞蛤蟆"之类。对于校外的人士，我们的胆子就大一些，看见他们坐在会议室里或是在校门口徘徊，我们总是大声咳嗽，或是从他们背后投些很小的石子，他们回头看时，我们就三五成群地哄哄笑着，昂然走过。

T 女士自己对于追求者的态度，总是很庄重很大方。对于讨厌一点的人，就在他们的情书上，打红叉子退了回去。对于不大讨厌的，她也不取积极的态度，仿佛对于婚姻问题不感兴趣。她很孝，因为没有弟兄，她便和她的父亲守在一起，下课后常常看见她扶着老人，出来散步，白发红颜，相映如画。

在这里，我要供招一件很可笑的事实，虽然在当时并不可笑。那时我们在圣经班里，正读着"所罗门雅歌"②，我便模仿雅歌的格调，写了些赞美 T 女士的句子，在英文练习簿的后面，一页一页地写下叠起。积了有十几篇，既不敢给人看，又不忍毁去。那时我们都用很厚的牛皮纸包书面，我便把这十几篇尊贵的作品，折存在两层书皮之间。有一天被一位同学翻了出来，当众诵读，大家都以为我是对于隔壁女校的女生，发生了恋爱，大家哄笑。我又不便说出实话，只好涨红着脸，赶过去抢来撕掉。从此连雅歌也不敢写了，那年我是十五岁。

我从中学毕业的那一年，T 女士也离开了那学校，到别地方做事去了，但我们仍常有见面的机会。每次看见我，她总有勉励安慰的话，也常有些事要我帮忙，如翻译些短篇文字之类，我总是谨慎将事，宁可将大学里功课挪后，不肯耽误她的事情。

她做着很好的事业，很大的事业，至死未结婚。六年以前，以牙疾死于上海，追悼哀殓她的，有几万人。我是在从波士顿到纽约的火车上，得到了这个消息，车窗外飞掠过去的一大片的枫林秋叶，尽消失了艳红的颜色，我忽然流下泪来，这是母亲死后第一次的流泪。

注释:

① 蝤首: 额广而方; 蛾眉: 眉细而长。蝤首蛾眉指宽宽的额头,弯弯的眉毛。形容女子容貌美丽。

② 雅歌(*Song of Songs*)是《圣经》旧约的一卷书,本卷书共8章。书中记载了良人与书拉密女的爱情,预表基督与教会的关系。

我的母亲

邹韬奋

　　说起我的母亲，我只知道她是"浙江海宁查氏"，至今不知道她有什么名字！这件小事也可表示今昔时代的不同。现在的女子未出嫁的固然很"勇敢"地公开着她的名字，就是出嫁了的，也一样地公开着她的名字。不久以前，出嫁后的女子还大多数要在自己的姓上面加上丈夫的姓，通常人们的姓名只有三个字，嫁后女子的姓名往往有四个字。

　　在我年幼的时候，知道担任商务印书馆出版的《妇女杂志》笔政的朱胡彬夏，在当时算是有革命性的"前进的"女子了，她反抗了家里替她订的旧式婚姻，以致她的顽固的叔父宣言要用手枪打死她，但是她却仍在"胡"字上面加着一个"朱"字！

　　近来的女子就有很多在嫁后仍只由自己的姓名，不加不减。这意义表示女子渐渐地有着她们自己的独立的地位，不是属于任何人所有的了。但是在我的母亲的时代，不但不能学"朱胡彬夏"的用法，简直根本就好像没有名字！我说"好像"，因为那时的女子也未尝没有名字，但在实际上似乎就用不着。

像我的母亲，我听见她的娘家的人们叫她作"十六小姐"，男家大家族里的人们叫她作"十四少奶"，后来我的父亲做官，人们便叫作"太太"，她始终没有用她自己名字的机会！我觉得这种情形也可以暗示妇女在封建社会里所处的地位。

我的母亲在我十三岁的时候就去世了。我生的那一年是在九月里生的，她死的那一年是在五月里死的，所以我们母子两人在实际上相聚的时候只有十一年零九个月。我在这篇文里对于母亲的零星追忆，只是这十一年里的前尘影事。

我现在所能记得的最初对于母亲的印象，大约在两三岁的时候。我记得有一天夜里，我独自一人睡在床上，由梦里醒来，蒙眬中睁开眼睛，模糊中看见由垂着的帐门射进来的微微的灯光。在这微微的灯光里瞥见一个青年妇人拉开帐门，微笑着把我抱起来。她嘴里叫我什么，并对我说了什么，现在都记不清了，只记得她把我负在她的背上，跑到一个灯光灿烂人影憧憧往来的大客厅里，走来走去"巡阅"着。大概是元宵吧，这大客厅里除有不少成人谈笑着外，有二三十个孩童提着各色各样的纸灯，里面燃着蜡烛，三五成群地跑着玩。我此时伏在母亲的背上，半醒半睡似的微张着眼看这个，望那个。

那时我的父亲还在和祖父同住，过着"少爷"的生活；父亲有十来个弟兄，有好几个都结了婚，所以这大家族里看着这么多的孩子。母亲也做了这大家族里的一分子。她十五岁就出嫁，十六岁那年养我，这个时候才十七八岁。我由现在追想当时伏在她的背上睡眼惺忪所见着的她的容态，还感觉到她的活泼的欢悦的柔和的青春的美。我生平所见过的女子，我的母亲是最美的一个，就是当时伏在母亲背上的我，也能觉到在那个大客厅里许多妇女里面，没有一个及得到母亲的可爱。我现在想来，大概在我睡在房里的时候，母亲看见许多孩子玩灯热闹，便想起了我，也许蹑手蹑脚到我床前看了好几次，见我醒了，便负我出去一饱眼福。这是我对母亲最初的感觉，虽则在当时的幼稚脑袋里当然不知道什么叫作母爱。

后来祖父年老告退，父亲自己带着家眷在福州做候补官①。我当时大概有了五六岁，比我小两岁的二弟已生了。家里除父亲母亲和这个小弟弟外，只有母亲由娘家带来的一个青年女仆，名叫妹仔。"做官"似乎怪好听，但是当时父亲赤手空拳出来做官，家里一贫如洗。

我还记得，父亲一天到晚不在家里，大概是到"官场"里"应酬"去了，家里没有米下锅；妹仔替我们到附近施米给穷人的一个大庙里去领"仓米"，要先在庙前人山人海里面拥挤着领到竹签，然后拿着竹签再从挤得水泄不通的人群中，带着粗布袋挤到里面去领米。母亲在家里横抱着哭涕着的二弟踱来踱去，我在旁坐在一只小椅上呆呆地望着母亲，当时不知道这就是穷的景象，只诧异着母亲的脸何以那样苍白，她那样静寂无语地好像有着满腔无处诉的心事。妹仔和母亲非常亲热，她们竟好像母女，共患难，直到母亲病得将死的时候，她还是不肯离开她，以孝女自居，寝食俱废地照顾着母亲。

母亲喜欢看小说，那些旧小说，她常常把所看的内容讲给妹仔听。她讲得娓娓动听，妹仔听着忽而笑容满面，忽而愁眉双锁。章回的长篇小说一下讲不完，妹仔就很不耐地等着母亲再看下去，看后再讲给她听。往往讲到孤女患难，或义妇含冤的凄惨的情形，她两人便都热泪盈眶，泪珠尽往颊上涌流着。那时的我立在旁边瞧着，莫名其妙，心里不明白她们为什么那样无缘无故地挥泪痛哭一顿，和在上面看到穷的景象一样地不明白其所以然。现在想来，才感觉到母亲的情感的丰富，并觉得她的讲故事能那样地感动着妹仔。如果母亲生在现在，有机会把自己造成一个教员，必可成为一个循循善诱的良师。

我六岁的时候，由父亲自己为我"发蒙"，读的是《三字经》，第一天上的课是"人之初，性本善；性相近，习相远。"有一点儿莫名其妙！一个人坐在一个小客厅的炕床上"朗诵"了半天，苦不堪言！母亲觉得非请一位"西席"老夫子，总教不好，所以家里虽一贫如洗，情愿节衣缩食，把省下的钱请一位老夫子。说来可笑，第一个请来的这位老夫子，每月束脩②只需四块大洋（当然供膳宿），虽则只四块大洋，在母亲这里已是一件很费筹措的事情。

我到十岁的时候，读的是"孟子见梁惠王"，教师的每月束脩已加到十二元，算增加了三倍。到年底的时候，父亲要"清算"我平日的功课，在夜里亲自听我背书，很严厉，桌上放着一根两指阔的竹板。我的背向着他立着背书，背不出的时候，他提一个字，就叫我回转身来把手掌展放在桌上，他拿起这根竹板很重地打下来。我吃了这一下苦头，痛是血肉的身体所无法避免的感觉，当然失声地哭了，但是还要忍住哭，回过身去再背。不幸又有一处中断，背不下去，经他再提一字，再打一下。呜呜咽咽地背着那位前世冤家的"见梁惠王"的"孟子"！

我自己呜咽着背，同时听得见坐在旁边缝纫着的母亲也唏唏嘘嘘地泪如泉涌地哭着。

我心里知道她见我被打，她也觉得好像刺心的痛苦，和我表着十二分的同情，但她却时时从呜咽着的断断续续的声音里勉强说着"打得好"！她的饮泣吞声，为的是爱她的儿子；勉强硬着头皮说声"打得好"，为的是希望她的儿子上进。由现在看来，这样的教育方法真是野蛮之至！但于我不敢怪我的母亲，因为那个时候就只有这样野蛮的教育法。如今想起母亲见我被打，陪着我一同哭，那样的母爱，仍然使我感念着我的慈爱的母亲。背完了半本"梁惠王"，右手掌打得发肿有半寸高，偷向灯光中一照，通亮，好像满肚子装着已成熟的丝的蚕身一样。母亲含着泪抱我上床，轻轻把被窝盖上，向我额上吻了几吻。

当我八岁的时候，二弟六岁，还有一个妹妹三岁。三个人的衣服鞋袜，没有一件不是母亲自己做的。她还时常收到一些外面的女红来做，所以很忙。我在七八岁时，看见母亲那样辛苦，心里已知道感觉不安。记得有一个夏天的深夜，我忽然从睡梦中醒了起来，因为我的床背就紧接着母亲的床背，所以从帐里望得见母亲独自一人在灯下做鞋底，我心里又想起母亲的劳苦，辗转反侧睡不着，很想起来陪陪母亲。但是小孩子深夜不好好地睡，是要受到大人的责备的，就说是要起来陪陪母亲，一定也要被申斥几句，万不会被准许的（这至少是当时我的心理），于是想出一个借口来试试看，便叫声母亲，说太热睡不着，要起来坐一会儿。出乎我意料之外的，母亲居然许我起来坐在她的身边。我眼巴巴地望着她额上的汗珠往下流，手上一针不停地做着布鞋——做给我穿的。

这时万籁俱寂，只听到嘀嗒的钟声，和可以微闻得到的母亲的呼吸。我心里暗自想念着，为着我要穿鞋，累母亲深夜工作不休，心上感到说不出的歉疚，又感到坐着陪陪母亲，似乎可以减轻些心里的不安成分。当时一肚子里充满着这些心事，却不敢对母亲说出一句。才坐了一会儿，又被母亲赶上床去睡觉，她说小孩子不好好地睡，起来干什么！现在我的母亲不在了，她始终不知道她这个小儿子心里有过这样的一段不敢说出的心理状态。

母亲死的时候才二十九岁，留下了三男三女。在临终的那一夜，她神志非常清楚，忍泪叫着一个一个子女嘱咐一番。她临去最舍不得的就是她这一群的子女。

我的母亲只是一个平凡的母亲，但是我觉得她的可爱的性格，她的努力的精神，她的能干的才具，都埋没在封建社会的一个家族里，都葬送在没有什么意义的事务上，否则她一定可以成为社会上一个更有贡献的分子。我也觉得，像我的母亲这样被埋没葬送掉的女子不知有多少！

注释：

① 候补官员为清代官制，已经授官却没有补授实缺的官员在吏部候选后，吏部再根据名单，根据职位、资格和班次，每月抽签一次，分发到某一部或某一省，听候委用，此为候补官员。

② 给予教师的报酬。

阿河

朱自清

　　我这一回寒假，因为养病，住到一家亲戚的别墅里去。那别墅是在乡下。前面偏左的地方，是一片淡蓝的湖水，对岸环拥着不尽的青山。山的影子倒映在水里，越显得清清朗朗的。水面常如镜子一般。风起时，微有皱痕，像少女们皱她们的眉头，过一会子就好了。湖的余势束成一条小港，缓缓地不声不响地流过别墅的门前。门前有一条小石桥，桥那边尽是田亩。这边沿岸一带，相间地栽着桃树和柳树，春来当有一番热闹的梦。别墅外面缭绕着短短的竹篱，篱外是小小的路。里边一座向南的楼，背后便倚着山。西边是三间平屋，我便住在这里。院子里有两块草地，上面随便放着两三块石头。另外的隙地上，或罗列着盆栽，或种莳着花草。篱边还有几株枝干蟠曲的大树，有一株几乎要伸到水里去了。

　　我的亲戚韦君只有夫妇二人和一个女儿。她在外边念书，这时也刚回到家里。她邀来三位同学，同到她家过这个寒假；两位是亲戚，一位是朋友。她们住着楼上的两间屋子。韦君夫妇也住在楼上。楼下正中是客厅，常是闲着，西间是吃饭的地方；东间便是韦君的书房，我们谈天，喝茶，看报，都在这里。我吃了饭，便是一个人，也要到这里来闲坐一回。我来的第二天，韦小姐告诉我，她母亲要给她们找一个好好的女用人；长工阿齐说有一个表妹，母亲叫他明天就带来做做看呢。她似乎很高兴的样子，我只是不经意地答应。

平屋与楼屋之间，是一个小小的厨房。我住的是东面的屋子，从窗子里可以看见厨房里人的来往。这一天午饭前，我偶然向外看看，见一个面生的女用人，两手提着两把白铁壶，正往厨房里走；韦家的李妈在她前面领着，不知在和她说什么话。她的头发乱蓬蓬的，像冬天的枯草一样。身上穿着镶边的黑布棉袄和夹裤，黑里已泛出黄色；棉袄长与膝齐，夹裤也直拖到脚背上。脚倒是双天足，穿着尖头的黑布鞋，后跟还带着两片同色的"叶拔儿"。想这就是阿齐带来的女用人了；想完了就坐下看书。晚饭后，韦小姐告诉我，女佣人来了，她的名字叫"阿河"。我说："名字很好，只是人土些；还能做么？"她说："别看她土，很聪明呢。"我说："哦。"便接着看手中的报了。

以后每天早上、中午、晚上，我常常看见阿河挈着水壶来往；她的眼似乎总是往前看的。两个礼拜匆匆地过去了。韦小姐忽然和我说，你别看阿河土，她的志气很好，她是个可怜的人。我和娘说，把我前年在家穿的那身棉袄裤给了她吧。我嫌那两件衣服太花，给了她正好。娘先不肯，说她来了没有几天；后来也肯了。今天拿出来让她穿，正合适呢。我们教给她打绒绳鞋，她真聪明，一学就会了。她说拿到工钱，也要打一双穿呢。我等几天再和娘说去。

"她这样爱好！怪不得头发光得多了，原来都是你们教她的。好！你们尽教她讲究，她将来怕不愿回家去呢。"大家都笑了。

旧新年是过去了。因为江浙的兵事，我们的学校一时还不能开学。我们大家都乐得在别墅里多住些日子。这时阿河如换了一个人。她穿着宝蓝色挑着小花儿的布棉袄裤；脚下是嫩蓝色毛绳鞋，鞋口还缀着两个半蓝半白的小绒球儿。我想这一定是她的小姐们给帮忙的。古语说得好，"人要衣裳马要鞍"，阿河这一打扮，真有些楚楚可怜了。她的头发早已是刷得光光的，覆额的刘海也梳得十分伏帖。一张小小的圆脸，如正开的桃李花；脸上并没有笑，却隐隐地含着春日的光辉，像花房里充了蜜一般。这在我几乎是一个奇迹；我现在是常站在窗前看她了。我觉得在深山里发现了一粒猫儿眼，这样精纯的猫儿眼，是我生平所仅见！我觉得我们相识已太长久，极愿和她说一句话——极平淡的话，一句也好。但我怎好平白地和她攀谈呢？这样郁郁了一礼拜。

这是元宵节的前一晚上。我吃了饭，在屋里坐了一会儿，觉得有些无聊，便信步走到那书房里。拿起报来，想再细看一回。忽然门钮一响，阿河进来了。她手里拿着三四支颜色铅笔；出乎意料地走近了我。她站在我面前了，静静地微笑着说："白先生，你知道铅笔刨在哪里？"一面将拿着的铅笔给我看。我不自主地立起来，匆忙地应道，"在这里。"我用手指着南边柱子。但我立刻觉得这是不够的。我领她走近了柱子。这时我像闪电似的踌躇了一下，便说："我……我……"她一声不响地已将一支铅笔交给我。我放进刨子里刨给她看。刨了两下，便想交给她；但终于刨完了一支，交还了她。她接了笔略看一看，仍仰着脸向我。我窘极了。刹那间念头转了好几个圈子；到底硬着头皮搭讪着说："就这样刨好了。"我赶紧向门外一瞥，就走回原处看报去。但我的头刚低下，我的眼已抬起来了。于是远远地从容地问道："你会么？"她不曾掉过头来，只"嗳"了一声，也不说话。我看了她背影一会儿。觉得应该低下头了。等我再抬起头来时，她已默默地向外走了。她似乎总是往前看的，我想再问她一句话，但终于不曾出口。我撇下了报，站起来走了一会儿，便回到自己屋里。我一直想着些什么，但什么也没有想出。

自第二天早上看见她往厨房里走时，我发愿我的眼将老跟着她的影子！她的影子真好。她那几步路走得又敏捷，又匀称，又苗条，正如一只可爱的小猫。她两手各提着一只水壶,又令我想到在一条细细的索儿上抖擞精神走着的女子。这全由于她的腰:她的腰真太软了,用白水的话说,真是软到使我如吃苏州的牛皮糖一样。不止她的腰,我的日记里说得好:"她有一套和云霞比美,水月争灵的曲线,织成大大的一张迷惑的网!"而那两颊的曲线,尤其甜蜜可人。她两颊是白中透着微红,润泽如玉。她的皮肤,嫩得可以掐出水来;我的日记里说:"我很想去掐她一下呀!"她的眼像一双小燕子,老是在滟滟的春水上打着圈儿。她的笑最使我记住,像一朵花漂浮在我的脑海里。我不是说过,她的小圆脸像正开的桃花么?那么,她微笑的时候,便是盛开的时候了:花房里充满了蜜,真如要流出来的样子。她的发不甚厚,但黑而有光,柔软而滑,如纯丝一般。只可惜我不曾闻着一些儿香。唉!从前我在窗前看她好多次,所得的真太少了;若不是昨晚一见——虽只几分钟——我真太对不起这样一个人儿了。

午饭后,韦君照例地睡午觉去了,只有我、韦小姐和其他三位小姐在书房里。我有意无意地谈起阿河的事。我说:"你们怎知道她的志气好呢?"

"那天我们教给她打绒绳鞋,"一位蔡小姐便答道,"看她很聪明,就问她为什么不念书?她被我们一问,就伤心起来。"

"是的,"韦小姐笑着抢了说,"后来还哭了呢;还有一位傻子陪她淌眼泪呢。"

那边黄小姐可急了，走过来推了她一下。蔡小姐忙拦住道："人家说正经话，你们尽闹着玩儿！让我说完了呀——"

"我代你说啵，"韦小姐仍抢着说，"——她说她只有一个爹，没有娘。嫁了一个男人，倒有三十多岁，土头土脑的，脸上满是疱！他是李妈的邻舍，我还看见过呢。"

"好了，底下我说吧。"蔡小姐接着道，"她男人又不要好，尽爱赌钱；她一气，就住到娘家来，有一年多不回去了。"

"她今年几岁？"我问。

"十七不知十八？前年出嫁的，几个月就回家了。"蔡小姐说。

"不，十八，我知道。"韦小姐改正道。

"哦。你们可曾劝她离婚？"

"怎么不劝。"韦小姐应道，"她说十八回去吃她表哥的喜酒，要和她的爹去说呢。"

"你们教她的好事，该当何罪！"我笑了。

她们也都笑了。

十九的早上，我正在屋里看书，听见外面有嚷嚷的声音；这是从来没有的。我立刻走出来看；只见门外有两个乡下人要走进来，却给阿齐拦住。他们只是央告，阿齐只是不肯。这时韦君已走出院中，向他们道："你们回去吧。人在我这里，不要紧的。快回去，不要瞎吵！"

两个人面面相觑，说不出一句话；俄延了一会儿，只好走了。我问韦君什么事？他说："阿河啰！还不是瞎吵一回子。"

我想他于男女的事向来是懒得说的，还是回头问他小姐的好；我们便谈到别的事情上去。

吃了饭，我赶紧问韦小姐，她说："她是告诉娘的，你问娘去。"

我想这件事有些尴尬，便到西间里问韦太太；她正看着李妈收拾碗碟呢。她见我问，便笑着说：

"你要问这些事做什么？她昨天回去，原是借了阿桂的衣裳穿了去的，打扮得娇滴滴的，也难怪，被她男人看见了，便约了些不相干的人，将她抢回去过了一夜。今天早上，她骗她男人，说要到此地来拿行李。她男人就会信她，派了两个人跟着。哪知她到了这里，便叫阿齐拦着那跟来的人；她自己便跪在我面前哭诉，说死也不愿回她男人家去。你说我有什么法子。只好让那跟来的人先回去再说。好在没有几天，她们要上学了，我将来交给她的爹吧。唉，现在的人，心眼儿真是越过越大了；一个乡下女人，也会闹出这样惊天动地的事了！"

"可不是，"李妈在旁插嘴道，"太太你不知道；我家三叔前儿来，我还听他说呢。我本不该说的，阿弥陀佛！太太，你想她不愿意回婆家，老愿意住在娘家，是什么道理？家里只有一个单身的老子；你想那该死的老畜生！他舍不得放她回去呀！"

"低些，真的么？"韦太太惊诧地问。

"他们说得千真万确的。我早就想告诉太太了，总有些疑心；今天看她的样子，真有几分对呢。太太，你想现在还成什么世界！"

"这该不至于吧。"我淡淡地插了一句。

"少爷，你哪里知道！"韦太太叹了一口气，"——好在没有几天了，让她快些走吧；别将我们的运气带坏了。她的事，我们以后也别谈吧。"

开学的通告来了，我定在二十八走。二十六的晚上，阿河忽然不到厨房里擎水了。韦小姐跑来低低地告诉我："娘叫阿齐将阿河送回去了；我在楼上，都不知道呢。"

我应了一声，一句话也没有说。正如每日有三顿饱饭吃的人，忽然绝了粮；却又不能告诉一个人！而且我觉得她的前面是黑洞洞的，此去不定有什么好歹！那一夜我是没有好好地睡，只翻来覆去地做梦，醒来却又一例茫然。这样昏昏沉沉地到了二十八早上，懒懒地向韦君夫妇和韦小姐告别而行，韦君夫妇坚约春假再来住，我只得含糊答应着。出门时，我很想回望厨房几眼；但许多人都站在门口送我，我怎好回头呢？

到校一打听，老友陆已来了。我不及料理行李，便找着他，将阿河的事一五一十告诉他。他本是个好事的人；听我说时，时而皱眉，时而叹气，时而擦掌。听到她只十八岁时，他突然将舌头一伸，跳起来道："可惜我早有了我那太太！要不然，我准得想法子娶她！"

"你娶她就好了；现在不知鹿死谁手呢？"

我俩默默相对了一会儿，陆忽然拍着桌子道，有了："老汪不是去年失了恋么？他现在还没有主儿，何不给他俩撮合一下。"

我正要答说，他已出去了。过了一会子，他和汪来了，进门就嚷着说："我和他说，他不信；要问你呢！"

"事是有的，人呢，也真不错。只是人家的事，我们凭什么去管！"我说。

"想法子呀！"陆嚷着。

"什么法子？你说！"

"好，你们尽和我开玩笑，我才不理会你们呢！"汪笑了。

我们几乎每天都要谈到阿河，但谁也不曾认真去"想法子"。一转眼已到了春假。我再到韦君别墅的时候，水是绿绿的，桃腮柳眼，着意引人。我却只惦着阿河，不知她怎么样了。

那时韦小姐已回来两天。我背地里问她，她说："奇得很！阿齐告诉我，说她二月间来求娘来了。她说她男人已死了心，不想她回去；只不肯白白地放掉她。他叫她的爹拿出八十块钱来，人就是她的爹的了；他自己也好另娶一房人。可是阿河说她的爹哪有这些钱？她求娘可怜可怜她！娘的脾气你知道。她是个古板的人；她数说了阿河一顿，一个钱也不给！我现在和阿齐说，让他上镇去时，带个信儿给她，我可以给她五块钱。我想你也可以帮她些，我教阿齐一块儿告诉她吧。只可惜她未必肯再上我们这儿来啰！"

"我拿十块钱吧，你告诉阿齐就是。"

我看阿齐空闲了，便又去问阿河的事。

他说："她的爹正给她东找西找地找主儿呢。只怕难吧，八十块大洋呢！"

我忽然觉得不自在起来，不愿再问下去。

过了两天，阿齐从镇上回来，说："今天见着阿河了。娘的，齐整起来了。穿起了裙子，做老板娘娘了！据说是自己拣中的；这种年头！"

我立刻觉得，这一来全完了！只怔怔地看着阿齐，似乎想在他脸上找出阿河的影子。咳，我说什么好呢？愿命运之神长远庇护着她吧！

第二天我便托故离开了那别墅；我不愿再见那湖光山色，更不愿再见那间小小的厨房！

赵太太

郑振铎

八叔的第二妻，亲戚们都私下叫她作赵妈——太太，孩子们则简称之曰赵太太。她如今已有五十多岁了，但显得还不老，头发还是青青的，脸上也还清秀，未脱二三十岁时代的美丽的型子，虽然已略略的有了几痕皱皮的折纹，一双天足，也还健步。

她到了八叔家里已经二十年了，她生的大孩子已经到法国留学去了。她是一个异乡人，虽然住在福州人家里已经二十年了，而且已会烧得一手好的福州菜蔬，已习惯于福州人的风俗人情了，但她的口音却总还是带些"外路腔"，说得佶屈生硬，一听便知她并不是我们的乡人。除了她的不能纯熟自然的口音外，其余都已完全福州化了，她几乎连自己也忘了她不是一个福州人。这当然难怪她忘了她的本乡，因为二十年来，她的四周都是福州人围绕着，她过的是福州人的生活，听的是福州人的说话，而且二十年来她的故乡也不曾有一个亲属,不曾有一个朋友和她来往过。她简直是如一个孤儿被弃于异乡人之中而生长的一样。

她之所以成为八叔的第二妻,其经历颇出于常轨之外,虽然至今已经是二十年了,虽然她生的大孩子都已经到法国留学去了;然而她为了这个非常轨的结合,至今还为亲友间的口实谈资。

当和她同居的时候,八叔并不是没有妻。八婶至今还在着,住在她自己生的第一个孩子四哥的家里。所以八叔和她的结合,并不是续弦,却又不是妾。讲起他们的结合来,却又不曾经过什么旧式的"拜堂"、新式的相对鞠躬、交换戒指等等的手续,只是不知在哪一天便同居了,便成了夫妻了,便连客也不曾请,便连近时最流行的花一块半块钱印了一种"我们已经于×月×日同居了"的报告式的喜帖也不曾发出。像这样简单的非常轨的结合,在现在最新式的青年间也颇少见,不要说在二十年之前的旧社会中了。所以难怪至今还为亲友间的口实谈资。

他们的结合之所以至今还为亲友间的口实、谈资者,至少还有另一个原因。这便是因为她出身的低微。她不是什么名门的闺秀,也不是什么小家的碧玉,也不是什么名震一时的窑姐,她只是一个平平常常的乡下人,一个平平常常的被八叔家里所雇佣的老妈子。她也已有了一个丈夫,正如八叔之已有了妻一样。所不同的是,八叔和她结合，不必经过什么手续和八婶解决问题，而她则必须和她丈夫办一个结束，声明断绝关系，婚嫁各听其便而已。据说，她是一个童养媳，父母早已死了。她夫家姓赵，所以大家至今还私下管着唤她作赵妈——太太或赵太太。每逢亲戚家中有喜庆婚嫁诸大事的时候，她便也出来应酬，俨然是一个太太的身价。然而除了底下人之外，没有一个人曾称呼她为某太太的。他们见面时，都以"不称呼"的称呼了结之。譬如，她向四婶告别时，便叫道："四太太，再会，再会。"四婶却只是说："再会，再会"，而她之对二婶便要说道："二婶婶，再会，再会"了。再譬如二婶前几个月替元荫续弦时，她曾一个个地吩咐老妈子去叫车，或已有车的，便叫车夫点灯侍候，当一班客人要散时，她叫道："张妈，叫四太太的马车夫点了灯，酒钱给了没有？"或是说："太太要走了，快去叫车夫预备"之类，只是轮到了赵妈——太太，她便只是含糊地叫道："张妈，叫车夫点了灯。"而张妈居然也懂得。这个"不称呼"的称呼的秘诀，真省了不少的纠纷，免了不少的困难，而在面子上又不得罪了赵妈——太太。

赵妈——太太也自知她在亲友间所居的地位的尴尬，所以除了不得已的喜庆婚丧的应酬外，无事决不踏到他们的门口。她很自知不是他们太太们的伴侣。她只是勤苦地在管家，而这个家已够她忙碌的了，而在她自己的家中，她是一个主人翁，她是被称为"太太"的。

她是苏州的乡下人。她丈夫家里是种田的农户。因为她吃不了农家粗作的苦，所以到上海来"帮人家"。有人说，苏州无锡的女人，平均地看来，都是很美好的，即使是老太太或是在太阳底下晒得黑了的农家女，或是丑的妇女，也都另具有几分清秀之气，与别的地方的女人迥不相同。所以几个朋友中间，曾戏编了一个口号道："娶妻要娶苏州人。"有一个苏州的朋友说，所谓自称为苏州人的，大都是冒籍的，不是真的苏州人。别地方的人听不出她们口音的不同，在苏州人却一听便辨其真假。

说到口音，苏州的女人似乎也有独擅的天赋。她们的语音都是如流莺轻啭似的柔媚而动听的，所谓吴侬软语，出之美人之口，真不知要颠倒了多少的男子。即使那个女人是黑丑的，肥胖的，仅听听她们的语声也是足够迷人的了，较之秦音的肃杀，江北腔的生硬，北京话的流滑而带刚劲者，真不知要轻柔香腻到百倍千倍。

这都是闲话，但赵妈——太太却是一个地道的苏州人，而且是一个并不丑的苏州女人，也许，仅此已足使八叔倾倒于她而有余了。她再有什么别的好处，那是只有八叔他自己知道的了。但她之所以使八叔对于她由注意而生怜生爱者，却也另有一个原因。

八婶是很喜欢打牌的，往往终日终夜地沉醉于牌桌上，家事也不大肯管。这也许是一种相传的风尚，还许竟是一种遗传的习性，凡是福州人，大都总多少带有几分喜欢打牌的脾气的。没有一个人肯临牌而谦让不坐下去打的，尤其是闲在家中没有事做的太太们。她们为了消遣而打牌，愈打便愈爱打，以后便在不闲时，在有事时，也不免要放下事，抛了事去打牌了。八婶便是这样的妇人中的一个。

　　当八叔到上海来就事，初次把她接来同住时，她因为熟人不多，还不大出去打牌。后来，亲友们一天天的往来得多了，熟了，——不知福州人亲戚是如何这样的多，一讲起来，牵丝扳藤，归根溯源，几乎个个同乡都是有戚谊的，不是表亲，便是姻亲，——便十天至少有五六天，后来竟至有七八天，出去打牌的了。下午一吃完饭便去，总要午夜一二时方回。八叔的午饭是在办公处吃的，到了他回家吃晚饭时总是不见了八婶，而晚饭的菜，付托了老妈子重烧的，不是冷，便是口味不对。八叔常常地因此生气，把筷子往桌上一掷，便出去到小馆子里吃饭去了。到了他再回家时，八婶还没有回来，房里是冷清清的，似乎有一种阴郁的气氛。最小的一个孩子，在后房哭着，乳娘任怎样的哄骗着也不成，他只是呱呱地哭着。大孩子又被哭声惊醒了，也吵着要他的娘。

　　八叔当然是要因此十分的生气，十分的郁闷了。有一次，她方在家里邀致了几个太太们打牌，正在全神贯注着的时候，而大孩子缠在她身边吵不休，不是要买糖，便是要买梨，便是告诉母亲说，小丫头欺侮了他。八婶有一副三四番的牌，竟因此错过了一搭对子没有碰出，这副牌还因此不和。这使她十分的生气，手里执了一张牌，她也忘了，竟用手连牌在他头上重重地扑敲了一下，牌尖在额角上触着，竟碰破了头皮，流了一脸的血。她只叫老妈子把他的血洗了，用布包起，她自己连立也不立起来，仍然安静地坐着打牌。孩子是大声地哭着。八叔正在这时回家了，他见了这个样子再也忍不住生气，但因为客人在着，不便发作。到了牌局散后，他们便大闹了一场，八叔对于她更觉得灰心失意。

　　旧的老妈子恰在这时辞职回家了，赵妈便由荐头行的介绍，第一次踏进了八叔的大门。她做事又勤快，又细心，又会体贴主人的心理。试用了两三天之后，八婶便决意，连八叔也都同意，把她连用下去。她把家事收拾得井井有条，不必等到主人的吩咐，事情已都安排得好好的了。八婶很喜欢她，不久便把什么事都委托给她了。八叔也觉得她不错。自她来了之后，他才每晚上有热菜吃，有新鲜的菜吃。他从此不再到小馆子里去。她做了菜，总是一碗一碗，烧好了便自己端了出来。菜烧完了，便站立在桌边，侍候着八叔添饭。有一次，她端了一碗滚热的汤出来，一个不小心，汤汁泼溅了一手，烫得她忘记了手上端的是一个碗，竟把它摔碎在地上了。八叔连忙由饭桌上立起来，去问她烫伤了手没有。她痛得说不出话来，只点点头。他取了一瓶油膏，一卷纱布，亲自动手替她包扎。她的手是如此莹白可爱，竟使八叔第一次感到了她的美好。她的手执在八叔的手里，她脸上微微有些红晕，心头是卜卜地跳着。谁知道他们是在什么时候有了关系的，但从这个时候之后，他们似乎发生有一种亲切的情绪。八叔再也不干涉八婶打牌的事；有时她不出去打牌，他还劝诱她到哪一家哪一家去，且晚上她再迟一点回来，他也决不像往日那样的板起脸孔来对她。也许他还希望她更迟一点回来更好。如此的不知经过了几个月，也不知在什么时候，他们间的关系乃为八婶所觉察。总之，八婶是知道了他们之间的关系了。她对八叔大吵了一次，且立刻迫着要赵妈卷铺盖走路。赵妈羞得只躲在房里哭泣。八叔也一点不肯让步。结果，不知他用了什么方法，八婶乃竟肯不让赵妈走路了。而他们间的关系，至此乃成为公开的秘密，亲戚之间竟没有一个人不知道这事的了。

我们中国的家庭，是最会忍垢含秽的，什么难解决的问题，到了我们中国的家庭便都容容易易地解决了。譬如，一个男人在他的妻之外，又爱上一个女人了，而且已经娶了来，而且俨然是一个太太了。无论在哪一国，这件事都是法律人情所不许的，他至少要牺牲了一个太太。而在我们的家庭里，这件事却有一个两全的方法，便是说，他是兼祧①的，可以允许他要两个妻，而这两个妻便是"两头大"，这不是一个很好的解决方法吗？再有，男人在外地又娶了一个小家碧玉或窑姐了，他家里的妻乃至家里的上上下下，连亲戚朋友，都当她是一个妾，说是老爷在外面娶了一个妾了，然而其实却是一个妻，在外地的家庭里没有一个人不称她为太太的。眼不见为净，家里的人只好马马虎虎地随他如此的过去了。这不又是一个很好的解决方法吗？这就叫作不解决的解决。比起上面所说的什么兼祧两头大，还觉得彼未免是多事。这乃是中国家庭制度底下的一个绝大的发明，是鬼子们所万不能学得来的。而今，八叔与赵妈的关系，便也是采用了这个绝大发明，即所谓不解决的解决的方法来解决的。

然而这个风声是藉藉地传到外面去了，不仅是流传于亲友之间了，甚至连赵妈的丈夫也知道了这事了。在家庭间可以用了不解决的解决方法来解决一切问题，而在这个与外人有关的问题上，这个绝妙的方法却不便应用了。

不知道他从什么地方知道了这个消息，也不知道有什么人在他背后激动挑拨，他一来便迫着要带赵妈回家。赵妈躲在后房，死也不肯出来见他，还是别一个仆人，出来回他道："赵妈跟太太出去打牌了，要半夜才能回来呢，请明天再来吧。"她丈夫才悻悻地走了。

她丈夫是一个乡农，是一个十足的老实人，说话也是讷讷地说不出口，脑后还拖着一根黑乌的大辫子。他一进门便显然地迷乱了，只讷讷地说道："请叫赵妈出来说话，我有话说，我要叫她卷了铺盖回家，不帮人家了。"当然，谁都知道他是听得了这个消息而来的。

在这天，整天的，赵妈躲在后房床上哭着，心里一点主意也没有，八叔也如瞎了眼的小鼠一样，西跑东攒，眉头紧皱，也想不出一个好方法来。八婶很不高兴地咕絮着道："叫你早办这事，你老是不肯办，现在好了。看你用什么法子去对付他丈夫，这事本不应该的！他上公堂一告状，看你还有什么面子！"

八叔一声不响地听着她的咕絮。她当然私心里是巴不得赵妈的丈夫真的能把赵妈带走，然同时，看见八叔那么焦虑愁闷的样子，又觉得很难过。这矛盾的心理，是谁都觉得出的。

"今天对付过去了，他明天还要来呢。这样干着急有什么用？应该想想方法才好。这事好在亲友们也都知道了，何不找他们来商量商量呢？"八婶怜悯战胜了嫉妒的舒徐地说道。

八叔实在无法，只好照了她的提议，叫徐升去请二老爷和刘师爷来。二叔和刘师爷都是八叔的心腹好友，刘师爷尤其足智多谋，惯会出主张，一张嘴也是锋利无比，仿佛能把铁石人的心肠也劝说得软化了一样。

他们来了，八叔自己不好意思说什么，还是八婶一五一十地把赵妈的丈夫来了要带她回去的事告诉了他们。

二叔道："这当然是他听见了风声才来的了。要买一个绝断才好。这样敷衍着总是不对，保不定哪一时便会发生事端的。"

八婶道："可不是！被他告一状才丧尽体面呢！"

刘师爷想了半天，才说道："他明天来时，除非和他当面说明了，八爷当然不必出去见他，赵妈也仍然躲一躲开。他们乡下人要的是钱，肯多花一点钱，这件事总是好办的。"

这件事完全委托了二叔和刘师爷去料理。第二天，赵妈的丈夫又来了，是二叔他们去见他。他原是不大会说话的，但听完了刘师爷的一席带劝，带调解，带软吓，为八叔做说客，而又似为他，赵妈的丈夫，设策划计的话，心里显然的十分地踌躇。临走时，却只是说道："这是不成的，我要的是人！"

他们第二次不知在什么地方见面谈判，总之，赵妈的丈夫却不再到八叔的家里来了。过了三四天，二叔和刘师爷笑哈哈地走来对八叔说道："恭喜，恭喜，事情都了结了！想不到一个乡下人倒不大容易对付。"

八婶道："要叫赵妈出来向二叔和刘师爷道谢呢！"

当然，这个和局，总不外于拼着用几百块钱，给了赵妈的丈夫，叫他写了绝断契；这些钱在名义上当然说是给他作为另娶一位妻房之用的了。但这样的一解决，赵妈的地位，在家庭中似乎骤增了重要。她不再是一个名义上的老妈子了，虽然在事实上还是如前的烧菜侍候着老爷。老妈子另外找到了一个。她的卧房搬到了一间好的房间里来，她也坐在饭桌上和太太、老爷一同吃饭了。不久，她便生了一个男孩子。如此的，这个家庭，用了不解决的解决方法，竟是一年两年的相安无事下去。但这不过是表面上的，在里面，那家庭的暗潮是在继长增高着。家庭的实权，一天天地移到赵妈的身上来。八婶几乎在家庭中成了一个附庸的分子，有饭吃、有牌打、有房子住、有月例钱用，其余的便都用不着她管了。她当然是很嫉妒，很不平，很觉得牢骚的。但她是一个天生的懦弱人，虽然很会吵嘴，却不敢于有决绝的表示。兼之，赵妈的手段又高明，笼络得她也无以难她。如此的，这个家庭，在不绝的暗里冲突，在牢骚、嫉妒，在使用心机的空气中，一天一天，一月一月，一年一年地度过去。中间，八婶曾回到故乡的母家去了几次。一去总要一二年才复回。在这个主妇缺席之时，赵妈的权力便又于无形中增长了起来。家里的底下人，居然也称她作太太了。

　　八婶的孩子们都已经成人了。大孩子，二哥，已经由日本归国，娶了亲，在交通部里办事。二孩子三哥，则在比利时学着土木工程。

他们对于父亲和赵妈的行动，都不大满意。而二哥便把八婶接到了北京同住，不再回到上海来。而赵妈生的四哥也已成人了，在上海娶了亲，生了一个孩子，且已到法国留学去了。如此的，这个家庭是分成了两截，北京一个，而上海又是一个。上海的一个已完全成了赵妈的，孩子是她的，媳妇是她的，孙子也是她的。有什么亲友间的喜庆婚丧，她便也被视为八婶的替身，出去应酬赴宴。而亲友们在背后便都唤她作赵妈——太太，而当着她的面，则以"不称呼"的称呼方法去招呼她。

注释：

① 在封建宗法制度下，一个男子同时继承两家宗祧的习俗。
兼祧人不脱离原来家庭的裔系，兼做所继承家庭的嗣子。

我的母亲

老舍

母亲的娘家是在北平德胜门外，土城儿外边，通大钟寺的大路上的一个小村里。村里一共有四五家人家，都姓马。大家都种点不十分肥美的地，但是与我同辈的兄弟们，也有当兵的，做木匠的，做泥水匠的和当巡警的。他们虽然是农家，却养不起牛马，人手不够的时候，妇女便也须下地做活。

对于姥姥家，我只知道上述的一点。外公外婆是什么样子，我就不知道了，因为他们早已去世。至于更远的族系与家史，就更不晓得了；穷人只能顾眼前的衣食，没有工夫谈论什么过去的光荣；"家谱"这字眼，我在幼年就根本没有听说过。

母亲生在农家，所以勤俭诚实，身体也好。这一点事实却极重要，因为假若我没有这样的一位母亲，我之为我恐怕也就要大大地打个折扣了。

母亲出嫁大概是很早，因为我的大姐现在已是六十多岁的老太婆，而我的大外甥女还长我一岁啊。我有三个哥哥，四个姐姐，但能长大成人的，只有大姐、二姐、三姐、三哥与我。我是"老"儿子。生我的时候，母亲已有四十一岁，大姐二姐已都出了阁。

由大姐与二姐所嫁入的家庭来推断，在我生下之前，我的家里，大概还马马虎虎地过得去。那时候定婚讲究门当户对，而大姐丈是做小官的，二姐丈也开过一间酒馆，他们都是相当体面的人。

可是，我，我给家庭带来了不幸：我生下来，母亲晕过去半夜，才睁眼看见她的老儿子——感谢大姐，把我揣在怀中，致未冻死。

一岁半，我把父亲"克"死了。

兄不到十岁，三姐十二三岁，我才一岁半，全仗母亲独力抚养了。父亲的寡姐跟我们一块儿住，她吸鸦片，她喜摸纸牌，她的脾气极坏。为我们的衣食，母亲要给人家洗衣服，缝补或裁缝衣裳。在我的记忆中，她的手终年是嫩红微肿的。白天，她洗衣服，洗一两大绿瓦盆。她做事永远丝毫也不敷衍，就是屠户们送来的黑如铁的布袜，她也给洗得雪白。晚间，她与三姐抱着一盏油灯，还要缝补衣服，一直到半夜。她终年没有休息，可是在忙碌中她还把院子屋中收拾得清清爽爽。桌椅都是旧的，柜门的铜活久已残缺不全，可是她的手老使破桌面上没有尘土，残破的铜活发着光。院中，父亲遗留下的几盆石榴与夹竹桃，永远会得到应有的浇灌与爱护，年年夏天开许多花。

哥哥似乎没有同我玩耍过。有时候，他去读书；有时候，他去学徒；有时候，他也去卖花生或樱桃之类的小东西。母亲含着泪把他送走，不到两天，又含着泪接他回来。我不明白这都是什么事，而只觉得与他很生疏。与母亲相依为命的是我与三姐。因此，她们做事，我老在后面跟着。她们浇花，我也张罗着取水；她们扫地，我就撮土……从这里，我学得了爱花，爱清洁，守秩序。这些习惯至今还被我保存着。

有客人来，无论手中怎么窘，母亲也要设法弄一点东西去款待。舅父与表哥们往往是自己掏钱买酒肉食，这使她脸上羞得飞红，可是殷勤地给他们温酒做面，又给她一些喜悦。遇上亲友家中有喜丧事，母亲必把大褂洗得干干净净，亲自去贺吊——份礼也许只是两吊小钱。到如今为我的好客的习性，还未全改，尽管生活是这么清苦，因为自幼儿看惯了的事情是不易改掉的。

姑母常闹脾气。她单在鸡蛋里找骨头。她是我家中的阎王。直到我入了中学，她才死去，我可是没有看见母亲反抗过。"没受过婆婆的气，还不受大姑子的吗？命当如此！"母亲在非解释一下不足以平服别人的时候，才这样说。是的，命当如此。母亲活到老，穷到老，辛苦到老，全是命当如此。

她最会吃亏。给亲友邻居帮忙，她总跑在前面：她会给婴儿洗三[①]——穷朋友们可以因此少花一笔"请姥姥"钱——她会刮痧，她会给孩子们剃头，她会给少妇们绞脸……凡是她能做的，都有求必应。但是吵嘴打架，永远没有她。她宁吃亏，不逗气。当姑母死去的时候，母亲似乎把一世的委屈都哭了出来，一直哭到坟地。不知道哪里来的一位侄子，声称有承继权，母亲便一声不响，叫他搬走那些破桌子烂板凳，而且把姑母养的一只肥母鸡也送给他。

可是，母亲并不软弱。父亲死在庚子闹"拳"[②]的那一年。联军入城，挨家搜索财物鸡鸭，我们被搜过两次。母亲拉着哥哥与三姐坐在墙根，等着"鬼子"进门，街门是开着的。"鬼子"进门，一刺刀先把老黄狗刺死，而后入室搜索。他们走后，母亲把破衣箱搬起，才发现了我。假若箱子不空，我早就被压死了。皇上跑了，丈夫死了，鬼子来了，满城是血光火焰，可是母亲不怕，她要在刺刀下，饥荒中，保护着儿女。

北平有多少变乱啊，有时候兵变了，街市整条的烧起，火团落在我们院中。有时候内战了，城门紧闭，铺店关门，昼夜响着枪炮。这惊恐，这紧张，再加上一家饮食的筹划，儿女安全的顾虑，岂是一个软弱的老寡妇所能受得起的？是，在这种时候，母亲的心横起来，她不慌不哭，要从无办法中想出办法来。她的泪会往心中落！

这点软而硬的个性，也传给了我。我对一切人与事，都取和平的态度，把吃亏看作当然的。但是，在做人上，我有一定的宗旨与基本的法则，什么事都可将就，而不能超过自己划好的界限。我怕见生人，怕办杂事，怕出头露面；但是到了非我去不可的时候，我便不敢不去，正像我的母亲。从私塾到小学，到中学，我经历过起码有二十位教师吧，其中有给我很大影响的，也有毫无影响的，但是我的真正的教师，把性格传给我的，是我的母亲。母亲并不识字，她给我的是生命的教育。

当我在小学毕了业的时候，亲友一致地愿意我去学手艺，好帮助母亲。我晓得我应当去找饭吃，以减轻母亲的勤劳困苦。可是，我也愿意升学。我偷偷地考入了师范学校——制服、饭食、书籍、宿处，都由学校供给。只有这样，我才敢对母亲提升学的话。入学，要交十圆的保证金。这是一笔巨款！

母亲做了半个月的难，把这巨款筹到，而后含泪把我送出门去。她不辞劳苦，只要儿子有出息。当我由师范毕业，而被派为小学校校长，母亲与我都一夜不曾合眼。我只说了句："以后，您可以歇一歇了！"她的回答只有一串串的眼泪。

我入学之后，三姐结了婚。母亲对儿女是都一样疼爱的，但是假若她也有点偏爱的话，她应当偏爱三姐，因为自父亲死后，家中一切的事情都是母亲和三姐共同撑持的。三姐是母亲的右手。但是母亲知道这右手必须割去，她不能为自己的便利而耽误了女儿的青春。当花轿来到我们的破门外的时候，母亲的手就和冰一样的凉，脸上没有血色——那是阴历四月，天气很暖。大家都怕她昏过去。可是，她挣扎着，咬着嘴唇，手扶着门框，看花轿徐徐地走去。

不久，姑母死了。三姐已出嫁，哥哥不在家，我又住学校，家中只剩母亲自己。她还须自晓至晚的操作，可是终日没人和她说一句话。新年到了，正赶上政府倡用阳历，不许过旧年。除夕，我请了两小时的假。由拥挤不堪的街市回到清炉冷灶的家中。母亲笑了。及至听说我还须回校，她愣住了。半天，她才叹出一口气来。到我该走的时候，她递给我一些花生，"去吧，小子！"街上是那么热闹，我却什么也没看见，泪遮迷了我的眼。

今天，泪又遮住了我的眼，又想起当日孤独地过那凄惨的除夕的慈母。可是慈母不会再候盼着我了，她已入了土！

儿女的生命是不依顺着父母所设下的轨道一直前进的，所以老人总免不了伤心。我二十三岁，母亲要我结了婚，我不要。我请来三姐给我说情，老母含泪点了头。我爱母亲，但是我给了她最大的打击。时代使我成为逆子。二十七岁，我上了英国。为了自己，我给六十多岁的老母以第二次打击。在她七十大寿的那一天，我还远在异域。那天，据姐姐们后来告诉我，老太太只喝了两口酒，很早地便睡下。她想念她的幼子，而不便说出来。

"七七"抗战后，我由济南逃出来。北平又像庚子那年似的被鬼子占据了。可是母亲日夜惦念的幼子却跑西南来。母亲怎样想念我，我可以想象得到，可是我不能回去。每逢接到家信，我总不敢马上拆看，我怕，怕，怕，怕有那不祥的消息。人，即使活到八九十岁，有母亲便可以多少还有点孩子气。失了慈母便像花插在瓶子里，虽然还有色有香，却失去了根。有母亲的人，心里是安定的。我怕，怕，怕家信中带来不好的消息，告诉我已是失了根的花草。

去年一年，我在家信中找不到关于老母的起居情况。我疑虑，害怕。我想象得到，若不是不幸，家中念我流亡孤苦，或不忍相告。母亲的生日是在九月，我在八月半写去祝寿的信，算计着会在寿日之前到达。信中嘱咐千万把寿日的详情写来，使我不再疑虑。十二月二十六日，由文化劳军的大会上回来，我接到家信。我不敢拆读。就寝前，我拆开信，母亲已去世一年了！

生命是母亲给我的。我之能长大成人，是母亲的血汗灌养的。我之能成为一个不十分坏的人，是母亲感化的。我的性格，习惯，是母亲传给的。她一世未曾享过一天福，临死还吃的是粗粮。唉！
还说什么呢？心痛！心痛！

注释：

① 洗三，生育旧俗。婴儿出生后第三日，要举行沐浴仪式，
   会集亲友为婴儿祝吉，这就是"洗三"，也叫作"三朝洗儿"。

② 1900 年（农历庚子年）春季，直隶成千上万的爱国群众号
   称"义和团"，发起了口号为"扶清灭洋"的爱国运动；
   同年 6 月，清朝中央政府允许义和团进驻北京。义和团又
   先于清军进攻天津租界，最终俄国、德国、法国、美国、
   日本、奥匈帝国、意大利、英国八国组建远征军引发八国
   联军之役，此事件史称庚子国变。

紫薇

缪崇群

楼边的一家邻居，家里只有一个老人和一个女孩子。起初我以为他们是祖孙，后来才晓得是翁媳；可是从来也没有看见他的儿子在哪里，这个女孩据说是个童养媳。头发已经花白了的老人，除了耕种楼后面的一片山坡土地之外，还不得不卖着苦力为人抬滑竿或挑煤炭，所有的家事都由这个女孩料理着，养鸡养猪的副业，也由她一人经管着，她大约不过十三四岁。

因为是邻居，我看着这个小女孩的生长，就如同看见楼后的胡豆、包谷，或高粱……每天每天从土地里高苗了一些起来，形状也一天一天的变化不同了似的……只见日渐饱满，日渐活泼。

每天太阳落山，她背着一筐子锄草回来了。不久，她就要唤小鸡子上笼——这是一个颇麻烦的工作，一双一双都要唤齐，不对数目就不好交代；可是鸡并不如人那般听使唤，有时还免不了费她一番唇舌，或是夹杂一两句骂畜生埋怨人的话。等小鸡都齐了，又要去料理猪食，又要去提水，又要去烧火，听到人家喊一声："来捡西瓜皮呀！"又不得不飞也似地跑去，她绝不舍弃这些为猪掉换掉换口味的好饲料。

"这些鸡卖不卖？"

有一次，我故意这样问，虽然明明知道她不肯答应的。

"不卖的，还小。我们自家养的。"她拒绝的理由很简单很诚实。

"给你很多的钱呢？"我又提出这么一个条件。

"也不卖的。"她说着还笑了笑。

其实，我知道的理由，就是因为这些鸡子是小的；而且不拘大的小的，都不是买卖的，不过她并没有再说什么了。

昨天，黄昏的时刻，这个小女孩照例背着一筐子锄草回来了，手里还捧了一束花，粉红色的花。

我看着她从我们的楼口过去，走上她家的石坎，有一个褴褛的男孩正坐在那里。

我看见那个男孩没有言语地向她伸出一双手，她随即给了他一枝花，仅只一枝，不言语地放下草筐，径自回到屋里去了。

我看着那个男孩接过花来便送到鼻子上嗅着。

——花不见得都是美丽的，但是人们往往以为任何的花都是有着香气的，我一边静静地看着，一边默默地想着。

停了一会儿，她又捧着那束花出来，又向着我们的楼口走来了，似乎要去一个地方，想把这一束花送给一个人；仿佛这一束花本来为着谁才折回来似的。

迎着她的面，我突然向她伸出了我的一双手，像这样使手背向地，使手心向天，勇敢而不畏缩地，坦率不加思考地把自己的手掌伸向旁人面前的事，不要说在我的记忆不曾有过一次记录，就是在我的想象和意识中，恐怕也从来没有发生过这样的事情！

这一次，真是一个极端的例外，而且结果是成功了，那或者对着我面的是一个幼小者的缘故；是我有意和这个天真可爱的，在原野上生长起来的孩子开一次玩笑的缘故，就类似我前一次故意问她卖不卖鸡子的那个故事同一样的性质。

当我的手掌伸出了以后，不料她就把一束花完全给了我了。

我有些窘，惭愧，并且懊悔；为什么我要迎面捉弄她，又伸手向她要花？使她中途折返了她所送往的地方赠与的对方呢！

"只要一枝好了。"我很过意不去这样申说着。

"山后边多得很。"她说，并没有允许我的这种"要求"。

（啊，多么好笑而可耻！大人们只得要求，请求，甚至于夺取，盗窃，或抢劫……而幼小者，孩子们，却早已知道，赠与和布施，她们如此的坦率，如此的慷慨，如此的大量，正好像一道夺丽无比的闪光，迅速地照进我们大人们肺腑的坳地；穿透了那些欺诈，那些伪装，那些伪善，那些堂皇的衣帽，那些彬彬的礼貌……）

这些花，并不美，也全无香气，我却学着孩子们地，为它汲水，为它找一个安插的地方，把它供放在我的小书案上面了。

今天早晨，我又学着专家学者们似的，为这种不知名的花，找植物学辞典，翻《辞海》，才得了这么一条说明："紫薇：落叶亚乔木，高丈余，树皮细泽，叶椭圆形，对生，花红紫或白，花瓣多皱襞，夏日始开，秋季方罢，故又名百日红。"

下午回来，我所刚认识了的紫薇花——百日红，我所崇高着的这种美丽，良善，久长的生命的象征，不知怎么却萎谢零散地落在满案了！为着这些有着"百日红"的别名的花，我觉得有些惆怅起来了。

能红百日的花，比较起来总算是花中的长者了，但生着，生着，红着红着，……也终究有它的日限的，百日了，或者零一日吧；千夜，或千零一夜吧！

然而，我并无任何的幻灭感。（这是我长大了起来的种种当然的知识，学问，修养与气质的总和？）除了那些在暖床上的，在怀抱里的，无论生于原野，长于山林，立于路边与园角的花，不拘有没有香和色,不拘生长得久或暂,不失掉她的本性,不转移她的根蒂,红一刹那，生不知夕。（那又有什么关系的呢？）

　　她们根本是不会幻灭的——生命不幻灭，就是因为永远的清澈的本性的泉源在灌溉着她。

灯

陆蠡

院子里的鸡缩头缩脑地踱进坫[①]里去了，檐头喊喊喳喳的麻雀都钻进瓦缝里，从无人扫除的空楼的角落，飞出三三两两的蝙蝠，在院宇的天空中翻飞。蝙蝠可说是夜和黑暗的先驱，它的黑色带钩的肉翅，好像在牵开夜的帏幕，这样静悄悄地，神秘地。

这时候，这家里的年青的媳妇，从积满尘垢的碗碟橱的顶上拿下一个长嘴的油壶，壶里面装着点灯的油。她一手拿壶，一手拿灯，跑到天井跟前——那里还有暗蒙的微光——把油注在灯瓢里面。她注了一点，停一停，把灯举得和眼睛相平，向光亮处照一照，看看满了没有，拿下来再加一点油，复拿起照了照，又加上一点，等到灯里的油八分满的样子，等到油面和瓢缘相差二分的样子，才住了手。一边把油壶放还原处，一边顺手在一只破灯笼壳里抽了两条灯芯，把它浸在油里，让灯芯的一端露在瓢外二分长短，而另一端则像两道白色的尾巴翘着。

少妇把灯放在灶突上。这是灶间的中心点。不论从哪一方量来，前后也好，左右也好，上下也好，都是等距离。她从来没有想到这所在是室内的正中心，只觉得放在这里很好，便放在这里了。她每次这样放，月月如此，年年如此，毫不以为异。

少妇没有伸手点灯，只是在灶门口坐下。灶里还有余火，吐着并不逼人的暖气。锅里的饭菜熟了，满室散着饭香。她把孩子拖到身边来，脸偎着他，若有所待地等着。等着谁呢？不，她只等着天黑，伸手不见五指的天黑。她要等天黑尽时方才举火点灯。她知道就是一滴的灯油也是不能浪费的。

我先来介绍这灯吧。这是一盏古式的青油灯。和现在都市里所见的是大不相同了。我怀疑我的叙述在人们听来是否有点兴趣，我怀疑我的介绍是否不必要的多余，并且能否描写得相像。说到这里我便想到绘画的长处，简单的几笔勾勒，便能代表出一个完美的形廓，而我则是拙于画笔者。这灯在乡间仍被普遍地用着。"千闻不如一见"，假如你有机会到我们山僻的地方来时，便会知道这是怎样的一个形状了。

灯的全体可以分成两部分，一部是灯瓢，那是铁铸的像舀子或勺子的东西，直径四寸左右。乡间叫作"灯碟"，因为形状如盏碟，而它的功用在于盛油，如同碟子盛油一样。碟的边缘上有一个短柄，这是拿手的地方。这碟子是铁铸的。我曾想过假如换上了海螺的壳，或是用透明的琉璃，岂不是更美丽吗？不，铁铸便有铁铸的理由：盛油的家伙是极易粘上灰尘的，每隔四天五天，碟缘上便结了一圈厚腻黝黑的东西了，那时你用纸去擦么？这当然是费手脚的事。所以当初灯的设计者，用生铁铸成灯碟，脏了，只要把油倾去，用铁钳把碟子钳住，放到灶火里去烧一阵，烧得通红，拿出来放在水钵里一浸，"嘶……"地冷却之后，便焕然一新，如同刚买来的一样。这样，一个灯碟可以用得很久——烧着浸着，生铁是烧得坏的么？你想——"旧的东西都经久耐用"，这便是简朴的乡民一切都欢喜旧的理由。

灯的另一部分是灯台，一个座子。在这儿，装饰的意味是有重于实用了。座台的华丽简朴随灯而异。普通的形式是上下两个盘，中间连接着一根圆柱。底盘重些大些，上盘便是承灯瓢的座垫，柱子则是握手的地方。灯座有磁制的，也许有铜铸的，而我在这里所描写的则是锡的。在灰白的金属表面镶嵌着紫铜的花纹，图案非常古老。其中有束发梳髻宽衣博袖的老头，有鸟，也有花和草，好像汉代石室中壁画的人物。这工作倒是非凡精细的，大概是从前一个偏爱的母亲，在女儿出嫁的前几年，雇了大批的木匠漆匠铜匠锡匠，成年成月地做着打着，不计工资而务求制品之精巧，这灯擎便在许多的锡器中间被打成了。

这些事在我们后辈当然无从知道。我只知道这座灯擎是这家的祖母随嫁带来的。是否这祖母的母亲替她的女儿打造的呢？那又不得而知。也许还是这祖母的母亲的嫁奁②。在乡间，有多少的器皿都保留着非常古远的记忆。这儿，数百年间不曾经过刀兵，也没有奇荒奇旱，使居民转徙流亡，所以这儿留存着不少先民的手泽。甚至于极微小的祭器或日用的东西。

有一次，一位远房的伯父随手翻起一只锡制的烛台，底面写着一行墨笔字，"雍正七年监制"，屈指一算——历朝皇帝的年号和在位的久暂，他们都很熟悉的——该是二百年了。而仍是完好的被用着，被随便地放在随便的角落，永久不会遗失。话说得远了，刚才我说这灯擎是祖母随嫁带来这家里的。后来这祖母的女儿长大了，这灯擎复随嫁到另一姓。那位女儿又生了女儿，女儿长大之后，又嫁给祖母的孙孙，灯擎复随嫁回到这祖母的屋子里来。这样表姊妹的婚姻永远循环继续着，"亲上加亲又是亲上加亲的"，照着他们的说法。所以几件过时的衣服，古旧的器皿，便永远被穿了新衣服抬嫁妆吃喜酒的不同时代的姻亲叔伯，永远地在路上抬来抬去，仍旧抬回自己的老家。我真想说山乡的宇宙是只有时间而没有空间的。这看来很可笑么？我倒很少要笑的意思，除开某种的立场，我是赞成这种婚姻的。你想，一位甥女嫁到外婆的家，一切都熟识，了解，谐和，还有什么更好的么？

不用说，坐在灶前的媳妇，便是祖母女儿的女儿了，她来这家里很幸福，大家都爱她，丈夫在外埠做工，在一定的时候回来，从来没有爽约。膝前的孩子则已经四岁了。翁姑——她的舅父舅母都还健在。

天黑了，伸手不见五指的黑。她推开孩子，拿一片木屑在尚未尽熄的灶火中点着，再拿到灯边点起来。暮然一室间都光明了。

"一粒谷，撒开满堂屋。我给你猜个谜儿，你猜不猜？"

"灯，灯。"连说话未娴熟的四岁的孩子都会猜谜儿了。且说灯点着了，这灯光是这样地安定，这样地白而带青，这样地有精神，使这媳妇微笑了。"太阳初上满山红，满油灯盏统间亮"，她在心头哼着儿时的山歌，她，正如初上的太阳，前面照着旭红的希望；她，正如满油的灯，光亮的，精神饱满的，坚定的，照着整个房间，照着她的孩子。所以她每次加油的时候，总要加得满满的，因为这满油的灯正是她的象征。

灯光微微地闪了。这家的舅父和舅母走进灶间来，在名分上他们是翁婆。可是她沿着习惯叫。这多亲热的名词。到了年大的时候要改口叫声"婆婆"，多么不好意思！而她避免了这一层了。她真想撒娇向他们要这要那呢！可惜已成了孩子的母亲。她看见他们进来了。她揭开锅盖，端出菜和饭。热喷喷的蒸气使灯光颤了几颤。

她的舅父说："一起吃了便好。"而她总是回答，"你先吃"，她真是懂得如何尊敬长辈的。每逢别人看到这样体贴的招呼，总要说一声，"一团和气哪。"

饭吃半顿的样子。"剥剥剥"，有人敲门了。舅母坐在门边，顺手一开。头也不用回便说，"二伯伯请坐。"二伯伯便在门槛坐下，开始从怀中摸出烟包，掐出一撮烟用两指搓成小球，放在烟管上。

"剥剥剥"，又敲门了，这是林伯伯。他们俩不用打招呼，便一个先一个后。从来不会有迟早。他们夜饭早吃过了。他们总在天未黑的时候吃的，吃过之后，站在门口望着天黑，然后到这家里来闲谈。有时这家里的媳妇招呼他们一声说，"吃过么？"二伯伯便老爱开玩笑地说："老早，等到今天！"他的意思说，"我早就吃过了，我昨天便吃过了。"

二伯伯和林伯伯在一起，话便多了。他们各人把自己的烟管装满，拿到灯火上面点燃，"丝丝……"地抽着。

他们谈到村前，谈到屋后，谈到街头，谈到巷尾。真不知他们从哪里得到许多消息。好像是专在打听这人间琐事，像义务的新闻访员。

第一筒烟吸完了。又装上了第二筒。二伯伯口里衔着烟嘴，一边说话，一边把烟管放在灯花上点火，手一偏险些儿把灯火弄熄了。他的谈话便不知不觉地转到灯上来。

"我有一次到城里去。他们点的都是洋灯，青油灯筒直看不到。他们点的是洋油，穿的是洋布，用的是洋货，叫人看得不服眼。"

"他们作兴点洋油，那有什么好处。洋油哪里比得上青油！——这屋子里点的是青油——洋油又臭，又生烟，价钱又贵，风一吹便熄，灯光也有点带黄。青油呢，灯花白没臭气，又不怕风，油渣还可以做肥料。洋油的油渣可以做肥料么？"

"是啊！我说城里人不懂得青油的好处。譬如说，我们一家有两三株乌桕树，每年你不用耕锄，不用施肥，可以采几石桕子，拿到油坊里去，白的外层剥下来可以制蜡烛，黑的芯子可以榨青油。桕子的壳烧火。这些都是天的安排，城里人哪里懂得。"

第二筒烟又完了。现在放到灯上是第三筒，林伯伯忽然指着浸在油里的灯芯，说："灯芯只要点上一根便够了。两根多花一倍油。"

"因为伯伯们在这儿，点得亮点，给伯伯点烟。"媳妇说。

"讨扰讨扰。"

谈话又移到灯芯上面。二伯伯和林伯伯谈着灯芯是怎模样的长在水边的一种草，便是编席子的草。灯芯还可以做药。又说有一种面，很脆很软，像灯芯大小，叫作灯芯面。

"蟹无血，灯芯无灰，这怎么讲？"媳妇插进一句。这时舅父们早已放下筷子。她在替孩子添菜，催他快吃。

"你看到蟹有血没有？你知道灯芯灰是怎样出典的么？"

二伯伯一面装烟一面讲："从前有一个少爷，父亲是做过大官的——什么官，六品官。（他以为品级越多，官越大。）做官的人家是有钱的，金子，银子，珍珠宝贝，数也数不清……却说这位少爷在十六七岁的年头病了，非常厉害的病症。你知道他生的什么病，做官人家还会缺少什么，有什么不如意的么？原来他只怀着一桩心事，就是愁着父亲留给他这许多钱怎样用得了，这时候他的父亲已经死了，只有这孩子的母亲。他是独养子，所以爱惜得是不消说的。真的倘使这孩子说要天边的月，他母亲便会毫不迟疑地雇工造个长梯子，派人去摘下来的。可是孩子并没有想摘月亮，他只愁着钱用不了。

"孩子病着愁着，脸孔黄起来。母亲的担忧也确实不少。她求神许愿，都没有效果。看看一天黄瘦似一天了。

"忽然，有一天，这位宝宝高兴起来，喊他的妈妈说，'妈妈，我要吃一只鹌鹑。'

"他的妈妈欢喜得不得了，忙说，'这容易办，这容易办。叫人立刻预备……'

"'不过，'孩子说，'妈妈，我的鹌鹑要放在石臼里炖，上面盖着石盖。石臼底下要用灯芯来烧，别种烧法我可不爱。'

"痴心的母亲吩咐照做了。她盼望会有奇迹似的石臼里的小鸟突然炖熟了，她便可以拿去给她的儿子，吃了之后，病便会好。

　　"于是大批的金子银子拿去购买灯芯，灯芯涨价了，连家用点灯的灯芯都被收买了去，整车整船的灯芯运到显宦的府邸，都烧在石臼底下，奇怪，烧了几许的灯芯竟没有一撮灰……"

　　"这鹌鹑炖熟了么？"媳妇问。

　　"你想烧得熟的么？"

　　"孩子后来怎样？"

　　"你想他后来怎样？"

　　大家没有说话。这故事流传在乡间，也不知几十百年，不知经过多少人的口，入了多少人的耳。所以这故事完后一点也不见得紧张。媳妇在这时候正洗着锅子。不一会儿灶头抹净了，舀一盆热水洗手，又把快要睡去的孩子擦了一把脸，解下腰上的围裙，拿一根竹签子剔一剔灯花。

　　伯伯们都告辞了。他们还要到别家去闲谈，把说过的话重说一遍。

　　媳妇一手提了灯，一手牵了孩子，施施然向自己的卧室走去。

注释：

　　① 指在墙壁上挖洞做成的鸡窝。

　　② 读作 jià lián，指陪嫁的财物。

一个南方的姑娘

萧红

郎华告诉我一件新的事情，他去学开汽车回来的第一句话说："新认识一个朋友，她从上海来，是中学生。过两天还要到家里来。"

第三天，外面打着门了！我先看到的是她头上扎着漂亮的红带，她说她来访我。老王在前面引着她。大家谈起来，差不多我没有说话，我听着别人说。

"我到此地四十天了！我的北方话还说不好，大概听得懂吧！老王是我到此地才认识的。那天巧得很，我看报上为着戏剧在开着笔战，署名郎华的我同情他……我同朋友们说：这位郎华先生是谁？论文作得很好。因为老王的介绍，上次见到了郎华……"

我点着头，遇到生人，我一向是不会说什么话。她又去拿桌上的报纸，她寻找笔战继续的论文。我慢慢地看着她，大概她也慢慢地看着我吧！她很漂亮，很素净，脸上不涂粉，头发没有卷起来，只是扎了一条红绸带，这更显得特别风味，又美又干净，葡萄灰色的袍子上面，有黄色的花，只是这件袍子我看不很美，但也不损于美。到晚上，这美人似的人就在我们家里吃晚饭。在吃饭以前，汪林也来了！汪林是来约郎华去滑冰，她从小孔窗看了一下：

"郎华不在家吗？"她接着"唔"了一声。

"你怎么到这里来？"汪林进来了。

"我怎么就不许到这里来？"

我看得她们这样很熟的样子，更奇怪。我说："你们怎么也认识呢？"

"我们在舞场里认识的。"汪林走了以后她告诉我。

从这句话当然也知道程女士也是常常进舞场的人了！汪林是漂亮的小姐，当然程女士也是，所以我就不再留意程女士了。

环境和我不同的人来和我做朋友，我感不到兴味。

郎华肩着冰鞋回来，汪林大概在院中也看到了他，所以也跟进来。这屋子就热闹了！汪林的胡琴口琴都跑去拿过来。

郎华唱："杨延辉坐宫院。"①

"哈呀呀，怎么唱这个？这是'奴心未死'！"汪林嘲笑他。

在报纸上就是因为旧剧才开笔战。郎华自己明明写着，唱旧戏是奴心未死。

并且汪林耸起肩来笑得背脊靠住暖墙，她很红的脸，很红的嘴，卷发，绿绒衣，她和程女士是绝端两样，她带着西洋少妇的风情。程女士很黑，是个黑姑娘。

　　又过几天，郎华为我借一双滑冰鞋来，我也到冰场上去。程女士常到我们这里来，她是来借冰鞋，有时我们就一起去，同时新人当然一天比一天熟起来。她渐渐对郎华比对我更熟，她给郎华写信了，虽然常见，但是要写信的。

　　又过些日子，程女士要在我们这里吃面条，我到厨房去调面条。

　　"……喳……喳……"等我走进屋，他们又在谈别的了！程女士只吃一小碗面就说："饱了。"

　　我看她近些日子更黑一点，好像她的"愁"更多了！她不仅仅是"愁"，因为愁并不兴奋，可是程女士有点兴奋。

　　我忙着收拾家具，她走时我没有送她，郎华送她出门。

　　我听得清楚楚的是在门口："有信吗？"或者不是这么说，总之跟着一声"喳喳"之后，郎华很响的："没有。"

　　又过了些日子，程女士就不常来了，大概是她怕见我。

　　程女士要回南方，她到我们这里来辞行，有我做障碍，她没有把要诉说出来的"愁"尽量诉说给郎华。她终于带着"愁"回南方去了。

注释：

① 选自京剧《四郎探母》中的其中一折——《坐宫》。讲的是北宋时，辽邦设"双龙会"于幽州，邀宋太宗（光义）赴会议和。杨家八虎护驾随往，中伏兵败，四郎（杨延辉）被擒改名木易，与铁镜公主成婚。十五年后，适辽邦萧天佐摆天门阵，杨六郎（杨延昭）御于飞虎峪，佘太君押粮抵营。四郎思母，欲往探，为公主识破，乃以实相告。公主计盗令箭，助其出关。

教训

彭家煌

  "1"路电车辘辘地前进，似专为迎接她而来的，她远远地瞩眺着，觉得很快慰。月台上的群众纷纷地移动，为着省三五枚铜板，冒着热汗在她身边挤过去又挤过来，失了魂一般的可怜又可笑，而她却是鹤立鸡群似的站着不动，只待"头等"车厢安安稳稳地停在自己的脚边恭候，这很可显出她是高贵超乎一切了。

  "头等""三等"在她的心房参差地树着，于是她那快慰的容貌上自然而然地又染着一层浓厚的傲慢的颜料，这像是耶稣赐给她的恩典，是新加了皇后之冠，她是多么的伟大，眼前一切人物的晃动如虫豸一般的微细而渺茫，在她那蔚蓝眼的视线中显不出确定的轮廓。

  车身蓦然在月台前停止，乘客愈聚愈多，候着上"头等"的也不止她一个，匆忙地下的下，上的上，但她像是个参观者，泰然地站着，希望群众让出一条给她上车的路，甚至还盼望他们的口中诚虔地唱出一声"请"。但他们毫没反省自己是应该这样，只怕司机者推落他们在栅门外，各顾各地拥上车去，"跟孩子们挤什么，让他们先上去吧！"于是她的念头不得不这样一转，转得非常得体，直等车上脚铃响了，提醒她是最后上车的，她才从容地移动那雪白而叠成一股一股的肉体慢慢地攀上车身，快慰的笑脸暂时沉下，换上一副庄严的峻峭的，挺着胸脯在车门口，目光在车厢里来回地扫射，扫射两排的座位，似乎是预告乘客们现在是她来了，谁在她的附近得谁立起来，难道没有人瞧见她吗？有的，他们是光眼瞎，瞧见，不过瞧见而已，也瞧见别的，也瞧见别的女人。难道没有人起身吗？有的，他们起身扯扯裤子衣服，又泰然地坐下，不会再起身了，除非下车。

她用绸巾掩口咳了两声，两眼活溜溜地巡视，露出不满意的表情，她是上车好久了，虽则年富力强，脚力不坏，到目的地的距离也不远，但这不关别人的事，她总觉得至少应有一两个男子让出座儿来给她坐的，男人对女人的礼貌规定是如此，甚至她的鞋上的半颗灰尘也应有个人替她掸掸，喉间的浓痰还没有唾出的动机就得有个人捧着痰盂候着，男人对女人的职务是如此，但可惜他们绝对不识货，不懂得什么是高贵是尊严，不懂得在女人前面周旋是怎么一回事，只庆幸着自己也公然在车上了，有座儿的那还用说，"立起来"除非是下车！

她的脸上浮起了点沮丧的神色，渐渐地又太平下去，为维持她那身体的重心起见，和命运相同的女人一样开始手握额顶上摇摆着的藤圈，脖子伸得很长，不值一顾的，眼左右射了一下又转向窗外，窗外的一切如闪烁的流星，如浮幻的烟云。

一站过去了，二站过去了，都在她的摇晃着的蓝眼睛里闪过去的，车到一站，她并不灰心地仍然关注着时局的变动，但他们死东西一般的不动，上车的，只是向车厢里涌。她骤悟到身不是在伦敦，在纽约，车中人不是效忠女人的欧美的绅士，而是不将女人当鲜牡丹供在琉璃瓶的 Chinese，在一切都洋化了的上海，他们不追逐潮流，放弃他们的国粹，于是她像受了奇耻大辱一般，眉头绷起来，绷得像只鞋刷，虽则即刻要下车，终于将不屑在许多坐着的狗男人中站着的神色表彰出来，当第四站到了，她步出车厢，两手雄纠纠地攀住车门，不得不报复似的侧转头来，张起樱唇给他们以严格的教训：

"Chinese never stand up when the ladies come！（女人来了，中国人从不站起来）"

但这尖脆的话音，只不过是一只小鸟儿的清歌，在车厢外杂嘈的市声中，是不会轻敲许多人的耳膜之一片的，于是她怅惘地跳下车。

她不瞅身边宫殿一般的马车，马车，她不屑坐；她不瞅身边如梭的汽车，汽车她不高兴坐；她只狠狠地瞅着那专为迎接她的长蛇似的电车，那上面曾使她受了洗不清的耻辱。她茫然地，口里只是不断地咕噜着"Chinese，Chinese！"

在回答全无的马路中，她还是让自己那双很富精力的腿儿，一蹬一蹬地载着她昂然的前进！

怪母亲

柔石

六十年的风吹，六十年的雨打，她的头发白了，她的脸孔皱了。

她——我们这位老母亲，辛勤艰苦了六十年，谁说不应该给她做一次热闹的寿日。四个儿子孝敬她，在半月以前。

现在，这究竟为什么呢？她病了，唉，她自己寻出病了。一天不吃饭，两天不吃饭，第三天稀稀地吃半碗粥。懒懒地睡在床上，濡濡地流出泪来，她要慢慢地饿死她自己了。

四个儿子急忙地，四个媳妇惊愕地，可是各人低着头，垂着手，走进房内，又走出房外。医生来了，一个，两个，三个，都是按着脉搏，问过症候，异口同声这么说："没有病，没有病。"

可是老母亲一天一天地更瘦了——一天一天地少吃东西，一天一天地悲伤起来。

大儿子流泪地站在她床前，简直对断气的人一般说："妈妈，你为什么呢？我对你有错处么？我妻对你有错处么？你打我几下吧！你骂她一顿吧！妈妈，你为什么要饿着不吃饭，病倒你自己呢？"

老母亲摇摇头，低声说："儿呀，不是，你俩是我满意的一对。可是我自己不愿活了，活到无可如何处，儿呀，我只有希望死了！"

"那么，"儿说，"你不吃东西，叫我们怎样安心呢？"

"是，我已吃过多年了。"

大儿子没有别的话，仍悲哀地走出房门，忙着去请医生。

可是老母亲的病一天一天地厉害了，已经不能起床了。

第二个儿子哭泣地站在她床前，求她的宽恕，说道："妈妈，你这样，我们的罪孽深重了！你养了我们四兄弟，我们都被养大了。现在，你要饿死你自己，不是我和妻等对你不好，你会这样么？但你送我到监狱去吧！送我妻回娘家去吧！你仍吃饭，减轻我们的罪孽！"

老母亲无力地摇摇头，眼也无光地眨一眨，表示不以为然，说："不是，不是，儿呀，我有你俩，我是可以瞑目了！病是我自己找到的，我不愿吃东西！我只有等待死了！"

"那么，"儿说，"你为什么不愿吃东西呢？告诉我们这理由吧。"

"是，但我不能告诉的，因为我老了！"

第二个儿子没有别的话，揩着眼泪走出门，仍忙着去请医生。

可是老母亲的病已经气息奄奄了。

第三个儿子跪在她床前，几乎咽不成声地说："妈妈，告诉我们这理由吧！使我们忏悔吧！连弟弟也结了婚，正是你老该享福的时候。你劳苦了六十年，不该再享受四十年的快乐么？你百岁归天，我们是愿意的，现在，你要饿死你自己，叫我们怎么忍受呢？妈妈，告诉我们这理由，使我们忏悔吧！"

老母亲微微地摇一摇头，极轻地说："不是，儿呀，我是要找你们的爸爸去的。"

于是第三个儿子荷荷大哭了。

"儿呀，你为什么哭呢？"

"我也想到死了几十年的爸爸了。"

"你为什么想他呢？"

儿哀咽着说："爸爸活了几十年，是毫无办法地离我们去了！留一个妈妈给我们，又苦得几十年，现在偏要这样，所以我哭了！"

老母亲伸出她枯枝似的手，摸一摸她三儿的头发，苦笑说："你无用哭，我还不会就死的。"

第三个儿子呆着没有别的话；一时，又走出门，忙着去请医生，可是医生个个推辞说："没有病，有病也不能医了。这是你们的奇怪母亲，我们的药无用的。"

四个儿子没有办法，大家团坐着愁起来，好像筹备丧事一样。

于是第四个儿子慢慢走到她床前，许久许久，向他垂死的老母叫："妈妈！"

"什么？"她似乎这样问。

"也带我去见爸爸吧！"

"为什么？"她稍稍吃惊的样子。

"我活了十九岁，还没有见过爸爸呢！"

"可是你已有妻了！"她声音极低微地说。

"妻能使妈妈回复健康么？我不要妻了。"

"你错误，不要说这呆话吧。"她摇头不清楚地说。

"那妈妈究竟为什么？妈妈要自己饿死去找爸爸呢？"

"没有办法。"她微微叹息了一声。

第四个儿子发呆了，一时，又叫："妈妈！"

"什么？"她又似这样问。

"没有一点办法了么？假如爸爸知道，他也愿你这样饿死去找他么？"

老母亲沉思了一下，轻轻说："方法是有的。"

"有方法？"

第四个儿子大惊了。简直似跳地跑出房外，一齐叫了他的三个哥哥来。在他三个哥哥的后面还跟着他的三位嫂嫂和他妻，个个手脚失措一般。

"妈妈，快说吧，你要我们怎样才肯吃饭呢？"

"你们肯做么？"她苦笑地轻轻地问。

"无论怎样都肯做，卖了身子都愿意！"个个勇敢地答。

老母亲又沉想了一息，眼向他们八人望了一圈，他们围绕在她前面。她说："还让我这样死去吧！让我死去去找你们的爸爸吧！"

一边，她两眶涸池似的眼，充上泪了。

儿媳们一齐哀泣起来。

第四个儿子逼近他母亲问道："妈妈没有对我说还有方法么？"

"实在有的，儿呀。"

"那么，妈妈说吧！"

"让我死在你们四人的手里好些。"

"不能说的吗？妈妈，你忘记我们是你的儿子了！你竟一点也不爱我们，使我们的终身，带着你临死未说出来的镣链么？"

老母亲闭着眼又沉思了一忽，说："那先给我喝一口水吧。"

四位媳妇急忙用炉边的参汤，提在她的口边。

"你们记着吧，"老母亲说了，"孤独是人生最悲哀的！你们年少时，我虽早死了你们的爸爸，可是仍留你们，我扶养，我教导，我是不感到寂寞的。以后，你们一个娶妻了，又一个娶妻了；到四儿结婚的时候，我虽表面快乐——去年底非常地快乐，而我心，谁知道难受到怎样呢？娶进了一位媳妇，就夺去了我的一个亲吻；我想到你们都有了妻以后的自己的孤独，寂寞将使我如何度日呀！而你们终究都成对了，一对一对在我眼前；你们也无用讳言，有了妻以后的人的笑声，对母亲是假的，对妻是真的。因此，我勉强地做过了六十岁的生辰，光耀过自己的脸孔，我决计自求永诀了！此后的活是累赘的，剩余的，也无聊的，你们知道。"

四个儿子与四位媳妇默然了。个个低下头，屏着呼吸，没有声响。老母亲接着说："现在，你们想救我么？方法就在这里了。"

各人的眼都关照着各人自己的妻或夫，似要看他或她说出什么话。十八岁的第四个儿子正要喊出，"那让我妻回娘家去吧！"而老母亲却先开口了："呆子们，听罢，你们快给我去找一个丈夫来，我要转嫁了！你们既如此爱你们的妈妈，那照我这一条方法救我吧，我要转嫁了。"稍稍停一忽，"假如你们认为不可，那就让我去找你们已死的父亲去吧！没有别的话了——"

六十年的风吹，六十年的雨打；她的头发白了，她的脸孔皱了！

女子的装饰心理

萧红

  装饰本来不仅限于女子一方面的，古代氏族的社会，男子的装饰不但极讲究，且更较女子而过之。古代一切狩猎氏族，他们的装饰较衣服更为华丽，他们甘愿裸体，但对于装饰不肯忽视。所以装饰之于原始人，正如现在衣服之于我们一样重要。现在我们先讲讲原始人的装饰，然后由此推知女子装饰之由来。

  原始人的装饰有两种，一种是固定的为黥创文身、穿耳、穿鼻、穿唇等；一种是活动的，就是连系在身体上暂时应用的，如带缨，钮子之类，他们装饰的颜色主要的是红色，他们身上的涂彩多半以赤色条绘饰，因为血是红的，红色表示热烈，具有高度的兴奋力。就是很多的动物，对于赤色，也和人类一样容易感觉，原始人的生活大多是狩猎和战争，于猎事及战争极兴奋的时候，往往可见到血，这足以使红色有直接感觉，有强烈的情绪的联系。其次是黄色，也有相当的美感，也为原始人所采用。再是白色和黑色，但较少采用。他们装饰所选用的颜色，颇受他们的皮肤的颜色所影响，如白色和赤色对于黑色的澳洲人颇为采用，他们所采用的颜色是要与他们皮肤的颜色有截然分别的。

至于原始人对于装饰的观念怎样呢？他们究竟为什么要装饰？又为什么要这样装饰呢？这就谈到了他们装饰的心理问题了。

我们大概会惊异于他们这种重视装饰的心理吧，如黥身是他们身体装饰中最痛苦的，用刀或铁箭在身上刺成各种花纹，有的且刺满全身，他们竟于忍受痛苦而为其人的勇敢毅力的表示。而这种忍受，大都是为了装饰美观，极少含有其他作用。少年男女到了相当年龄，便执行着这种苦刑，而以为荣。以为假如身上没能刺刻着花纹，则将来很难找到爱侣。至于活动的装饰，如各种环缨之类的佩戴物，则一方表示他们勇敢善战，不懦怯；另一方面是引起异性的爱悦，因为他们都以勇敢善斗为荣。身上所佩戴的许多珍贵的装饰物，表示他们的富有，是以勇敢夺得或猎取来的。总之，原始人装饰的用意，一方是引起异性爱悦，一方是引起他人的敬畏。事实上，各种装饰是兼具此两种意义的，这实在是生存竞争中不可少和有效的工具。由这些情形看来，在原始社会中男子的装饰较女子讲究，也是因为原始社会的人民，没有确定的婚姻制度，无恒久的配偶，而女子在任何情形中都有结婚的机会，男子要得到伴侣，比较困难，故必须用种种手段以满足其欲望。

但在文明社会中，男女关系与此完全相反，男子处处站在优越地位，社会上一切法律权利都握在男子手中，女子全居于被动地位。虽然近年来有男女平等的法律，但在父权制度之下，女子仍然是被动的。因此，男子可以行动自由，女子至少要受相当的约制。这样一来，女子为达到其获得伴侣的欲望，因此也要借种种手段以取悦异性了。这种手段，便是装饰。

装饰主要的用意，大都是一方以取悦于男性，一方足以表示自己的高贵。脸上敷着白粉，红脂，口红，蔻丹等。刚才说过红色是原始人用作装饰的主要颜色，红白相称特别鲜明，不独引人注目，亦以表示其不亲劳动的身份。故牙齿既然是白的，口唇必须涂红。西洋妇女脸上涂桔黄色的粉，这是表示她们的富有，因为夏天海滨避暑为海风吹拂脸颊成黄色。白色最能显示脸部和身体的轮廓，原始人跳舞往往在夜间昏昏的灯光和月色之下，用白色把身体涂成条纹，使身体轮廓显明，易为人注目。妇女用红白二色饰脸部，也是利用其颜色鲜明，且红色其热烈性，易使人感动。中国少女结婚时多穿红衣红裙，大概不外这个意义。

女子装饰亦随社会习惯而变迁。昔人的观念，以柔弱娇小为美，故女子束腰裹脚之风盛行，有"楚王好细腰，宫中多饿死"者的惨事。近来体育发达，国人观念改变，重健康，好运动，女子以体格壮健肤色红黑为美。现在一班新进的女子，大都不饰脂粉，以太阳光下的红黑色肤色的天然风致为美了。黑色太阳镜之盛行，不外表示其常常外出的习惯而已。

卷二

总有一个人，遗落在时光里

弃妇

石评梅

一个清晨，我刚梳头的时候，琨妹跑进来递给我一封信，她喘气着说："瑜姐，你的信！"

我抬头看她时，她跑到我背后藏着去了。我转过身不再看她，原来她打扮得非常漂亮：穿着一件水绿绸衫，短发披在肩上，一个红绫结在头顶飞舞着，一双黑眼睛藏在黑眉毛底，像一池深苍的湖水那样明澈。

"呵！这样美，你要上哪里去，收拾得这样漂亮？"我手里握着头发问她。

"母亲要去舅妈家，我要她带我去玩。上次表哥给我说的那个水莲公主的故事还未完呢，我想着让他说完，再讲几个给我听；瑜姐，你看吧，回来时带海棠果给你吃，拿一大篮子回来。"说到这里她小臂环着形容那个大篮子。

"我不信，母亲昨天并没说要去舅妈家。怎么会忽然去呢？"

我惊疑地问她。

"真的，真的。你不信去问母亲去，谁爱骗你。母亲说，昨夜接着电报，姥姥让母亲快去呢。"她说着转身跑了，我从窗纱里一直望着她的后影过了竹篱。

我默想着，一定舅妈家有事，不然不会这样急促地打电报叫母亲去。什么事呢？外祖母病吗？舅父回来了吗？许多问题环绕着我的脑海。

梳好头，由桌上拿起那封信来，是由外埠寄来的，贴着三分邮票，因为用钢笔写的，我不能分别出是谁寄来的。拆开看里面是：

瑜妹：

我听说你已由北京回来，早想着去姑母家看望你，都因我自己的事纠缠着不得空，然而假使你知道我所处环境时，或许可以原谅我！

你接到这信时，我已离开故乡了，这一次离开，或者永远没有回来的机会。我对这样家庭，本没有什么留恋；所不放心的便是茹苦含辛，三十年在我家当奴隶的母亲。

我是踢开牢狱逃逸了的囚犯，母亲呢，终身被铁链系着，不能脱身。她纵然爱我，而恶环境造成的恶果，人们都归咎到我的身上；当我和这些恶势宣战后，母亲为她不肖的儿子流了不少的泪，同时也受了人们不少的笑骂！

我更决心，觉着母亲今日所受的痛苦，便是她将来所受的痛苦；我无力拯救母亲现实的痛苦，我却有力解除她将来的痛苦；因之我才万里外归来，想着解放她同时也解放我，拯救自己同时也拯救她。

如今我失败了，我一切的梦想都粉碎了！我将永远得不到幸福，我将永远得不到愉快，我将永远做个过渡时代的牺牲者，我命运定了之后，我还踌躇什么呢？我只有走向那不知到何处是归宿的地方去。

我从前确有一个梦想，这个梦想像一个毒蟒缠绕着我，已经有六年了。我孕育了六年的梦想，都未曾在任何人面前泄露，我只隐藏着，像隐藏一件珍贵的东西一样的，我常愿这宝物永远埋葬着，一直到黄土掩覆了我时，这宝物也不要遗失，也不要现露。这梦想，我不希望她实现，我只希望她永久做我的梦想。我愿将我的灵魂整个献给她，我愿将我的心血永远为她滴，然而，我不愿她知道我是谁！

我园里有一株蔷薇，深夜里我用我的血我的泪去灌溉它，培植它；它含苞发蕾以至于开花，人们都归功于园丁，有谁知是我的痴心呢！然而我不愿人知，同时也不愿蔷薇知。深夜，人们都在安息，花儿呢也正在睡眠，因之我便成了梦想中的园丁。

我已清楚地认识了自己的命运，我也很安于自己命运而不觉苦痛；但是，这时确有一个人为了我为了她自己，受着极沉长的痛苦，是谁呢？便是我名义上的妻。

我的家庭你深知。母亲都是整天被人压制驱使着做奴隶，卅①年到我家，未敢抬起头来说句高声话。祖母脾气又那样暴烈，一有差错，跪在祖宗像前一天不准起来。母亲这样，我的妻更比不上母亲了，她所受的苦痛，更不堪令人怀想她。可怜她性情迟钝，忠厚过人；在别人家她可做一个好媳妇，在我家里，她便成了一个仅能转动的活尸。

我早想着解放了她，让她逃出这个毒恶凌人的囚狱；无论到什么地方去，都比我的家自由幸福多了。我呢，也可随身漂泊，永无牵挂，努力社会事业以毁灭这万恶的家庭为志愿，不然将我这残余生命浮荡在深涧高山之上，和飞鸟游云同样极止无定地飘浮着。

决志后，我才归来同家庭提出和我的妻子正式离婚。

哪知道他们不明白我是为了——她。反而责备我不应半途弃她；更捕风捉影的，猜疑我别有怀抱。他们说我妻十年在家，并未曾犯七出②例条，他们不能向她家提出。更加父亲和她祖父是师生关系，更不敢起这个意。他们已经决定要她受这痛苦，我所想的计划完全失败了。不幸的可怜的她，永远地在我名下系缚着，一直到她进了坟墓。这是多么残酷的事情，我懊丧着，我烦恼着，也一直到我进了坟墓，一切都完了，我还说什么呢？

瑜妹！我给你写这封信的动机，便是为了母亲。母亲！我本能不留恋的便是母亲！我同家庭决裂，母亲的伤痛可想而知，我不肖，不能安慰母亲。瑜妹！我此后极止何处，我尚不知。何日归来，更无期日。望你常去我家看看我的母亲，你告诉她，我永远是她的儿子，我永远在天之涯海之角的世界上，默祝她的健康！

瑜妹！我家庭此后的情形真不敢想。我希望他们能为了我的走，日后知道懊悔。我一步一步离故乡远了，我的愁一丝一丝的也长了。

再见吧！祝你健福！

徽之

我读完表哥的信，母亲去舅舅家的原因我已猜着了，表哥这样一走，舅母家一定又闹得不得了，不然不会这样焦急地催母亲去。我同情母亲的苦衷，然而我更悲伤表嫂的命运，结婚后十年，表哥未曾回来过，好容易他大学毕业回来了，哪知他又提起离婚。外祖母家是大家庭，表嫂是他们认为极贤德的媳妇，哪里让他轻易说道离婚呢？舅父如今不在家，外祖母的脾气暴躁极了，表哥的失败是当然的，不过这么一闹，将来结果怎样真不敢想：表哥他是男人，不顺意可以丢下家庭跑出去；表嫂呢，她是女人，她是嫁给表哥的人，如今他不要她了，她怎样生活下去呢？想到这里我真为这可怜的女子伤心！我正拿着这封信发愣的时候，王妈走进来说："太太请小姐出去。"

我把表哥的信收起后，随跟着王妈来到母亲房里。母亲正在房里装小皮箱里的零碎东西，琨妹手里提着一小篮花，嫂嫂在台阶上看着人往外拿带去的东西。

"瑜！昨夜你姥姥家来电，让我去；我不知道为的什么事，因此我想着就去看。本来我想带你去。因为我不知道他们家到底有什么事，我想还是你不去好。过几天赶你回京前去一次就成了，你到了他们家又不惯拘束。琨她闹着要去，我想带她去也好，省的她留在家里闹。"母亲这样对我说的时候，我本想把表哥的事告诉她。后来我想还是不说好了，免得给人们心上再印一个渺茫的影子。

我和嫂嫂送母亲上了火车，回来时嫂嫂便向我说："瑜妹，你知道表哥的事吗？听说他在上海念书时，和一个女学生很要好，今年回来特为的向家庭提出离婚。外祖母家那么大规矩，外祖母又那么严厉，表嫂这下可真倒霉极了。一个女子——像表嫂那样女子，她的本事只有俯仰随人，博得男子的欢心时，她低首下心一辈子还值得。如今表哥不要她了，你想她多么难受呢！表哥也太不对，他并不会为这可怜旧式环境里的女子思想；他只觉着自己的妻不如外边的时髦女学生，又会跳舞，又会弹琴，又会应酬，又有名誉，又有学问的好。"她很牢骚地说着。我不愿批评，只微微地笑了笑；到了家我们也没再提起表哥的事。

　　但是我心里常想到可怜的表嫂，环境礼教已承认她是表哥的妻子——什么妻，便是属于表哥的一样东西了。表哥弃了她让她怎样做人呢？她此后的心将依靠谁？十年嫁给表哥，虽然行了结婚礼表哥就跑到上海。不过名义上她总是表哥的妻。旧式婚姻的遗毒，几乎我们都是身受的。多少男人都是弃了自己家里的妻子，向外边饿鸦似的，猎捉女性。自由恋爱的招牌底，有多少可怜的怨女弃妇践踏着！同时受骗当妾的女士们也因之增加了不少，我想着怎样才能拯救表嫂呢？像她们那样家庭，幽怨阴森简直是一座坟墓，表嫂的生命也不过如烛在风前那样悠忽！

过了三天，母亲来信了。写得很简，她报告的消息真惊人！她说表哥走后，表嫂就回了娘家，回去的第二天早晨，表嫂便服毒死了！如今她的祖父和外祖母闹得很厉害，舅父呢不在家，表哥呢，他杀了一个人却鸿飞渺渺地不知哪里去了。因此舅母才请母亲去商量怎样对付。现在还毫无头绪，表嫂的尸骸已经送到外祖母家了，正计划着怎样讲究地埋葬她！母亲又说琨妹也不愿意在了，最好叫人去接她回来，因为母亲一时不能回来，叮咛我们在家用心地服侍父亲。

嫂嫂看完母亲的信哭了！她自然是可怜表嫂的遭遇，我不能哭，也不说话，跑到院子里的葡萄架下站着，望着晴空白云枝头小鸟，想到表哥走了，或者还有回来的一天。表嫂呢，她永远不能归来了！为了她的环境，为了她的命运，我低首默祷她永久地安眠！

注释:

① 卅是数字三十的中文代用字。

② 七出也称"七去"。中国封建社会休弃妻子的七种理由。《仪礼·丧服》："出妻之子为母。"贾公彦疏："七出者：无子，一也；淫佚，二也；不事舅姑，三也；口舌，四也；盗窃，五也；妒忌，六也；恶疾，七也。"

我的母亲

胡适

我小时身体弱，不能跟着野蛮的孩子们一块儿玩。我母亲也不准我和他们乱跑乱跳。小时不曾养成活泼游戏的习惯，无论在什么地方，我总是文绉绉的。所以家乡老辈都说我"像个先生样子"，遂叫我作"先生"。这个绰号叫出去之后，人都知道三先生的小儿子叫作"先生"了，既有"先生"之名，我不能不装出点"先生"样子，更不能跟着顽童们"野"了。有一天，我在我家八字门口和一班孩子"掷铜钱"，一位老辈走过，见了我，笑道："先生也掷铜钱吗？"我听了羞愧得面红耳热，觉得大失了"先生"的身份！

大人们鼓励我装先生样子，我也没有嬉戏的能力和习惯，又因为我确是喜欢看书，所以我一生可算是不曾享过儿童游戏的生活。每年秋天，我的庶祖母同我到田里去"监割"（顶好的田，水旱无忧，收成最好，佃户每约田主来监割，打下谷子，两家平分），我总是坐在小树下看小说。十一二岁时，我稍活泼一点，居然和一群同学组织了一个戏剧班，做了一些木刀竹枪，借得了几副假胡须，就在村田里做戏。我做的往往是诸葛亮、刘备一类的文角儿；只有一次我做史文恭，被花荣一箭从椅子上射倒下去，这算是我最活泼的玩艺儿了。

我在这九年（1895—1904）之中，只学得了读书写字两件事。在文字和思想（看文章）的方面，不能不算是打了一点底子。但别的方面都没有发展的机会。有一次我们村里"当朋"（八都凡五村，称为"五朋"，每年一村轮着做太子会，名为"当朋"）筹备太子会，有人提议要派我加入前村的昆腔队里学习吹笙或吹笛。族里长辈反对，说我年纪太小，不能跟着太子会走遍五朋。于是我便失掉了这学习音乐的唯一机会。三十年来，我不曾拿过乐器，也全不懂音乐；究竟我有没有一点学音乐的天资，我至今还不知道。至于学图画，更是不可能的事。我常常用竹纸蒙在小说书的石印绘像上，摹画书上的英雄美人。有一天，被先生看见了，挨了一顿大骂，抽屉里的图画都被搜出撕毁了。于是我又失掉了学做画家的机会。

但这九年的生活，除了读书看书之外，究竟给了我一点做人的训练。在这一点上，我的恩师就是我的慈母。

每天天刚亮时，我母亲就把我喊醒，叫我披衣坐起。我从不知道她醒来坐了多久了。她看我清醒了，才对我说昨天我做错了什么事，说错了什么话，要我认错，要我用功读书。有时候她对我说父亲的种种好处，她说："你总要踏上你老子的脚步。我一生只晓得这一个完全的人，你要学他，不要跌他的股。"（跌股便是丢脸，出丑。）她说到伤心处，往往掉下泪来。到天大明时，她才把我的衣服穿好，催我去上早学。学堂门上的锁匙放在先生家里；我先到学堂门口一望，便跑到先生家里去敲门。先生家里有人把锁匙从门缝里递出来，我拿了跑回去，开了门，坐下念生书。十天之中，总有八九天我是第一个去开学堂门的。等到先生来了，我背了生书，才回家吃早饭。

我母亲管束我最严，她是慈母兼严父。但她从来不在别人面前骂我一句，打我一下。我做错了事，她只对我一望，我看见了她的严厉眼光，就吓住了。犯的事小，她等到第二天早晨我睡醒时才教训我。犯的事大，她等到晚上人静时，关了房门，先责备我，然后行罚，或跪罚，或拧我的肉，无论怎样重罚，总不许我哭出声音来。她教训儿子不是借此出气叫别人听的。

有一个初秋的傍晚，我吃了晚饭，在门口玩，身上只穿着一件单背心。这时候我母亲的妹子玉英姨母在我家住，她怕我冷了，拿了一件小衫出来叫我穿上。我不肯穿，她说："穿上吧，凉了。"我随口回答："娘（凉）什么！老子都不老子呀。"我刚说了这句话，一抬头，看见母亲从家里走出，我赶快把小衫穿上。但她已听见这句轻薄的话了。晚上人静后，她罚我跪下，重重地责罚了一顿。她说："你没了老子，是多么得意的事！好用来说嘴！"她气得坐着发抖，也不许我上床去睡。我跪着哭，用手擦眼泪，不知擦进了什么微菌，后来足足害了一年多的眼翳病。医来医去，总医不好。我母亲心里又悔又急，听说眼翳可以用舌头舔去，有一夜她把我叫醒，她真用舌头舔我的病眼。这是我的严师，我的慈母。

我母亲二十三岁做了寡妇，又是当家的后母。这种生活的痛苦，我的笨笔写不出一万分之一二。家中财政本不宽裕，全靠二哥在上海经营调度。大哥从小就是败子，吸鸦片烟，赌博，钱到手就光，光了就回家打主意，见了香炉就拿出去卖，捞着锡茶壶就拿出去押。我母亲几次邀了本家长辈来，给他定下每月用费的数目。但他总不够用，到处都欠下烟债赌债。每年除夕我家中总有一大群讨债的，每人一盏灯笼，坐在大厅上不肯去。大哥早已避出去了。大厅的两排椅子上满满的都是灯笼和债主。我母亲走进走出，料理年夜饭、谢灶神、压岁钱等事，只当作不曾看见这一群人。到了近半夜，快要"封门"了，我母亲才走后门出去，央一位邻舍本家到我家来，每一家债户开发一点钱。做好做歹的，这一群讨债的才一个一个提着灯笼走出去。一会儿，大哥敲门回来了。我母亲从不骂他一句。并且因为是新年，她脸上从不露出一点怒色。这样的过年，我过了六七次。

大嫂是个最无能而又最不懂事的人，二嫂是个很能干而气量很窄小的人。她们常常闹意见，只因为我母亲的和气榜样，她们还不曾有公然相打相骂的事。她们闹气时，只是不说话，不答话，把脸放下来，叫人难看；二嫂生气时，脸色变青，更是怕人。她们对我母亲闹气时，也是如此。我起初全不懂得这一套，后来也渐渐懂得看人的脸色了。我渐渐明白，世间最可厌恶的事莫如一张生气的脸；世间最下流的事莫如把生气的脸摆给旁人看。这比打骂更难受。

我母亲的气量大，性子好，又因为做了后母后婆，她更事事留心，事事格外容忍。大哥的女儿比我只小一岁，她的饮食衣料总是和我的一样。我和她有小争执，总是我吃亏，母亲总是责备我，要我事事让她。后来大嫂二嫂都生了儿子了，她们生气时便打骂孩子来出气，一面打，一面用尖刻有刺的话骂给别人听。我母亲只装作没听见。有时候，她实在忍不住了，便悄悄走出门去，或到左邻立大嫂家去坐一会儿，或走后门到后邻度嫂家去闲谈。她从不和两个嫂子吵一句嘴。

每个嫂子一生气，往往十天半个月不歇，天天走进走出，板着脸，咬着嘴，打骂小孩子出气。我母亲只忍耐着，忍到实在不可再忍的一天，她也有她的法子。这一天的天明时，她就不起床，轻轻地哭一场。她不骂一个人，只哭她的丈夫，哭她自己苦命，留不住她丈夫来照管她。她先哭时，声音很低，渐渐哭出声来。我醒了起来劝她，她不肯住。这时候，我总听得见前堂（二嫂住前堂东房）或后堂（大嫂住后堂西房）有一扇门开了，一个嫂子走出房向厨房走去。不多一会儿，那位嫂子来敲我们的房门了。我开了房门，她走进来，捧着一碗热茶，送到我母亲床前，劝她止哭，请她喝口热茶。我母亲慢慢止住哭声，伸手接了茶碗。那位嫂子站着劝一会儿，才退出去，没有一句话提到什么人，也没有一个字提到这十天半个月来的气脸，然而各人心里明白，泡茶进来的嫂子总是那十天半个月来闹气的人。奇怪的很，这一哭之后，至少有一两个月的太平清净日子。

我母亲待人最仁慈，最温和，从来没有一句伤人感情的话。但她有时候也很有刚气，不受一点人格上的侮辱。我家五叔是个无正业的浪人，有一天在烟馆里发牢骚，说我母亲家中有事总请某人帮忙，大概总有什么好处给他。这句话传到了我母亲耳朵里，她气得大哭，请了几位本家来，把五叔喊来，她当面质问他她给了某人什么好处。直到五叔当众认错赔罪，她才罢休。

我在我母亲的教训之下住了九年，受了她的极大深刻的影响。我十四岁（其实只有十二岁零两三个月）就离开她了。在这广漠的人海里独自混了二十多年，没有一个人管束过我。如果我学得了一丝一毫的好脾气，如果我学得了一点点待人接物的和气，如果我能宽恕人，体谅人，——我都得感谢我的慈母。

鬼

叶紫

　　关于迷信，我不知道和母亲争论多少次了。我照书本子上告诉她说：

　　"妈妈，一切的神和菩萨，耶稣和上帝……都是没有的。人——就是万能！而且人死了就什么都完了，没有鬼也没有灵魂……"

　　我为了使她更加明白起见，还引用了许多科学上的证明，分条逐项地解释给她听。然而，什么都没有用。她老是带着忧伤的调子，用了几乎是生气似的声音，映着她那陷进去了、昏黄的眼睛，说：

　　"讲到上帝和耶稣，我知道——是没有的。至于菩萨呢，我敬了一辈子了。我亲眼看见过许多许多……在夜里，菩萨常常来告诉我的吉凶祸福……我有好几次，都是蒙菩萨娘娘的指点，才脱了苦难的！……鬼，也何尝不是一样呢？他们都是人的阴灵呀，他们比菩萨还更加灵验呢。有一次，你公公半夜里从远山里回来，还给鬼打过一个耳光，脸都打青了！并且我还看见……"

我能解释得出的，都向她解释过了：那恰如用一口钉想钉进铁板里去似的，我不能将我的理论灌入母亲的脑子里。我开始感觉到：我和母亲之间的时代，实在相差得太远了；一个在拼命向前，一个却想拉回到十八或十九世纪的遥远的坟墓中去。

就因为这样，我非常艰苦地每月要节省一元钱下来给母亲做香烛费。家里也渐渐成为菩萨和鬼魂的世界了。铜的，铁的，磁的，木的……另外还有用红纸条儿写下来的一些不知名的鬼魂的牌位。

大约在一个月以前，为了实在的生活的窘困，想节省着这一元香烛钱，我又向母亲宣传起"无神论"来了。那结果是给她大骂一场，并且还口口声声要脱离家庭，背了她的菩萨和鬼魂，到外乡化缘去！

我和老婆都害怕起来了。想想为了一元钱欲将六十三岁的老娘赶到外乡化缘去，那无论如何是罪孽的，而且不可能的事情。我们屈服了。并且从那时起，母亲就开始了一些异样的，使我们难于捉摸的行动。譬如有时夜晚通宵不睡，早晨不等天亮就爬起来，买点心吃必须亲自上街去，等等。

我们谁都不敢干涉或阻拦她。我们想：她大概又在敬一个什么新奇的菩萨吧。一直到阴历的七月十四日，她突然跑出去大半天不回家来，我和老婆都着急了。

"该不是化缘去了吧!"我们分头到马路上去找寻时,老婆半开玩笑半焦心地说。

天幸,老婆的话没有猜中!在回家的马路上寻过一通之后,母亲已经先我们而回家了。并且还一个人抱着死去的父亲和姊姊的相片在那里放声大哭!在地上——是一大堆不知道从什么地方弄来的鱼肉,纸钱,香烛和长锭之类的东西。

"到哪里去了呢?妈妈!"我惶惑地,试探地说。

"你们哪里还有半点良心记着你们的姊姊和爹爹呢?……"母亲哭得更加伤心起来,跺着脚说:"放着我还没有死,你就将死去的祖宗、父亲都忘记得干干净净了!……明天就是七月半,你们什么都不准备,……我将一个多月的点心钱和零用钱都省下来……买来这一点点东西……我每天饿着半天肚子!……"

我们一句话都说不出,对于母亲的这样的举动,实在觉得气闷而且伤心!自己已经这样大的年纪了,还时时刻刻顾念着死去的鬼魂,甘心天天饿着肚子,省下钱来和鬼魂作交代!……同时,更悔恨自己和老婆都太大意,太不会体验老人家的心情了。竟让她这样的省钱,挨饿,一直延续了一个多月。

"不要哭了呢!妈妈!"我忧愁地,劝慰地说,"下次如果再敬菩萨,你尽管找我要钱好了,我会给你老人家的!……现在,咏兰来——"我大声地转向我的老婆叫着："把鱼肉拿到晒台上去弄一弄，我来安置台子、相片和灵牌……"

老婆弯着腰，沉重地咳嗽着拿起鱼肉来，走了。母亲便也停止哭泣，开始和我弄起纸钱和长锭来。孩子们跳着，叫着，在台子下穿进穿出：

"妈妈弄鱼肉我们吃呢！妈妈弄鱼肉我们吃呢！"

"不是做娘的一定要强迫你们敬鬼，实在的……"母亲哽着喉咙，吞声地说，"你爹爹和姊姊死得太苦了，你们简直都记不得！……我梦见他们都没有钱用，你爹爹叫化子似的……而你们……"

"是的！"我困惑地，顺从地说，"实在应该给他们一些钱用用呢！……"

记起了爹爹和姊姊的死去的情形来，我的心里的那些永远不能治疗的创痕，又在隐隐地作痛！照母亲梦中的述说，爹爹们是一直做鬼都还在闹穷，还在阎王的重层压迫之下过生活——啊，那将是一个如何的，令人不可想象的鬼世界啊！

老婆艰难地将菜肴烧好的时候，已经是午后三四时了。孩子们高兴地啃着老婆给他们的一些小小的肉骨头，被母亲拉到相片的面前机械地跪拜着：

"公公保佑你们呢！……"

然后，便理一理她自家的白头发，喃喃地跪到所有鬼魂面前祈祷起来。那意思是："保佑儿孙们康健吧！多赚一点钱吧！明年便好更多地烧一些长锭给你们享用！……"

我和老婆都被一一地命令着跪倒了！就恰如做傀儡戏似的，老婆咳嗽着首先跳了起来，躲上晒台去了。我却还在父亲和姐姐的相片上凝视了好久好久！一种难堪的酸楚与悲痛，突然地涌上了我的心头！自己已经在外飘流八九年了，有些什么能对得住姐姐和爹爹呢？……不但没有更加努力地走着他们遗留给我的艰难的、血污的道路，反而卑怯地躲在家中将他们当鬼敬起来了！啊啊，我还将变成怎样的一种无长进的人呢？……

夜晚，母亲烧纸钱和长锭时对我说：

"再叩一个头吧！今夜你爹爹有了钱用了，他一定要报一个快乐的、欢喜的梦给你听的！"

可是，我什么好梦都没有做，瞪着一双眼睛直到天亮！脑子里，老是浮着爹爹那满是血污的严峻的脸相，并且还仿佛用了一根无形的、沉重的鞭子，着力地捶打我的懦怯的灵魂！

女教师

萧红

　　一个初中学生，拿着书本来到家里上课，郎华一大声开讲，我就躲到厨房里去。第二天，那个学生又来，就没拿书，他说他父亲不许他读白话文，打算让他做商人，说白话文没有用，读古文他父亲供给学费，读白话文他父亲就不管。

　　最后，他从口袋摸出一张一元票子给郎华。

　　"很对不起先生，我读一天书，就给一元钱吧！"那学生很难过的样子，他说他不愿意学买卖。手拿着钱，他要哭似的。

　　郎华和我同时觉得很不好过，临走时，强迫把他的钱给他装进衣袋。

　　郎华的两个读中学课本的学生也不读了！他实在不善于这行业，到现在我们的生命线又断尽。胖朋友刚搬过家，我就拿了一张郎华写的条子到他家去。回来时我是带着米、面、木柈①，还有几角钱。

我眼睛不住地盯住那马车，怕那车夫拉了木柈跑掉。所以我手下提着用纸盒盛着的米，因为我在快走而震摇着；又怕小面袋从车上翻下来，所以赶忙跑到车前去弄一弄。

听见马的铃铛响，郎华才出来！这一些东西很使他欢乐，亲切地把小面袋先拿进屋去。他穿着很单的衣裳，就在窗前摆堆着木柈。

"进来暖一暖再出去……冻着！"可是招呼不住他，始终摆完才进来。

"天真够冷。"他用手扯住很红的耳朵。

他又呵着气跑出去，他想把火炉点着，这是他第一次点火。

"柈子真不少，够烧五六天啦！米面也够吃五六天，又不怕啦！"

他弄着火，我就洗米烧饭。他又说了一些看见米面时特有高兴的话，我简直没理他。

米面就这样早饭晚饭的又快不见了，这就到我做女教师的时候了！

我也把桌子上铺了一块报纸，开讲的时候也是很大的声。

郎华一看，我就要笑。他也是常常躲到厨房去。我的女学生，她读小学课本，什么猪啦！羊啦！狗啦！这一类字都不用我教她，她抢着自己念："我认识，我认识！"

不管在什么地方碰到她认识的字，她就先一个一个念出来，不让她念也不行，因为她比我的岁数还大，我总有点不好意思。

她先给我拿五元钱，并说：

"过几天我再交那五元。"

四五天她没有来，以为她不会再来了。那天，我正在烧晚饭，她跑来。她说她这几天生病。我看她不像生病，那么她又来做什么呢？过了好久，她站在我的身边：

"先生，我有点事求求你！"

"什么事？说吧……"我把葱花加到油里去炸。

她的纸单在手心握得很热，交给我；这是药方吗？信吗？都不是。

借着炉台上那个流着油的小蜡烛看，看不清，怕是再点两支蜡烛我也看不清，因为我不认识那样的字。

"这是易经上的字！"郎华看了好些时才说。

"我批了个八字，找了好些人也看不懂，我想先生是很有学问的人，我拿来给先生看看。"

这次她走去，再也没有来，大概她觉得这样的先生教不了她，连个"八字"都说不出所以然来！

注释：

①方言，劈开的木柴。

航船中的文明

朱自清

第一次乘夜航船，从绍兴府桥到西兴渡口。

绍兴到西兴本有汽油船。我因急于来杭，又因年来逐逐于火车轮船之中，也想"回到"航船里，领略先代生活的异样的趣味；所以不顾亲戚们的坚留和劝说（他们说航船里是很苦的），毅然决然地于下午六时左右下了船。有了"物质文明"的汽油船，却又有"精神文明"的航船，使我们徘徊其间，左右顾而乐之，真是二十世纪中国人的幸福了！

航船中的乘客大都是小商人；两个军弁①是例外。满船没有一个士大夫；我区区或者可充个数儿，——因为我曾读过几年书，又忝为大夫之后——但也是例外之例外！真的，那班士大夫到哪里去了呢？这不消说得，都到了轮船里去了！士大夫虽也擎着大旗拥护精神文明，但千虑不免一失，竟为那物质文明的孙儿，满身洋油气的小玩意儿骗得定定的，忍心害理地撇了那老相好。于是航船虽然照常行驶，而光彩已减少许多！这确是一件可以慨叹的事；而"国粹将亡"的呼声，似也不是徒然的了。呜呼，是谁之咎欤？

既然来到这"精神文明"的航船里，正可将船里的精神文明考察一番，才不虚此一行。但从哪里下手呢？这可有些为难。踌躇之间，恰好来了一个女人。——我说"来了"，仿佛亲眼看见，而孰知不然；我知道她"来了"，是在听见她尖锐的语音的时候。至于她的面貌，我至今还没有看见呢。这第一要怪我的近视眼，第二要怪那袭人的暮色，第三要怪——哼——要怪那"男女分坐"的精神文明了。女人坐在前面，男人坐在后面；那女人离我至少有两丈远，所以便不可见其脸了。

且慢，这样左怪右怪，"其词若有憾焉"，你们或者猜想那女人怎样美呢。而孰知又大大的不然！我也曾"约略的"看来，都是乡下的黄面婆而已。至于尖锐的语音，那是少年的妇女所常有的，倒也不足为奇。然而这一次，那来了的女人的尖锐的语音竟致劳动区区的执笔者，却又另有缘故。在那语音里，表示出对于航船里精神文明的抗议；她说，"男人女人都是人！"她要坐到后面来，（因前面太挤，实无他故，合并声明。）而航船里的"规矩"是不许的。船家拦住她，她仗着她不是姑娘了，便老了脸皮，大着胆子，慢慢

地说了那句话。

她随即坐在原处，而"批评家"的议论繁然了。一个船家在船沿上走着，随便地说，"男人女人都是人，是的，不错。做秤钩的也是铁，做秤锤的也是铁，做铁锚的也是铁，都是铁呀！"这一段批评大约十分巧妙，说出诸位"批评家"所要说的，于是众喙都息，这便成了定论。至于那女人，事实上早已坐下了："孤掌难鸣"，或者她饱饫了诸位"批评家"的宏论，也不要鸣了吧。"是非之心"，虽然"人皆有之"，而撑船经商者流，对于名教之大防，竟能剖辨得这样"详明"，也着实亏他们了。中国毕竟是礼义之邦，文明之古国呀！——我悔不该乱怪那"男女分坐"的精神文明了！

"祸不单行"，凑巧又来了一个女人。她是带着男人来的。——呀，带着男人！正是，所以才"祸不单行"呀！——说得满口好绍兴的杭州话，在黑暗里隐隐露着一张白脸，带着五六分城市气。船家照他们的"规矩"，要将这一对儿生剌剌地分开。男人不好意思做声，女的却抢着说，"我们是'一堆生'的！"太亲热的字眼，竟在"规规矩矩的"航船里说了！于是船家命令地嚷道："我们有我们的规矩，不管你'一堆生'不'一堆生'的！"大家都微笑了。有的沉吟地说，"一堆生的？"有的惊奇地说，"一'堆'生的！"有的嘲讽地说，"哼，一堆生的！"在这四面楚歌里，凭你怎样伶牙俐齿，也只得服从了！"妇者，服也"，这原是她的本行呀。只看她毫不置辩，毫不懊恼，还是若无其事地和人攀谈，便知她确乎是"服也"了。这不能不感谢船家和乘客诸公"卫道"之功；而论功行赏，船家尤当首屈一指。呜呼，可以风矣！

在黑暗里征服了两个女人，这正是我们的光荣；而航船中的精神文明，也粲然可见了——于是乎书。

注释：

① 读音为 jūn biàn，意为军官。

一片阳光

林徽因

　　放了假，春初的日子松弛下来。将午未午时候的阳光，澄黄的一片，由窗棂横浸到室内，晶莹地四处射。我有点发怔，习惯地在沉寂中惊讶我的周围。我望着太阳那湛明的体质，像要辨别它那交织绚烂的色泽，追逐它那不着痕迹的流动。看它洁净地映到书桌上时，我感到桌面上平铺着一种恬静，一种精神上的豪兴，情趣上的闲逸；即或所谓"窗明几净"，那里默守着神秘的期待，漾开诗的气氛。那种静，在静里似可听到那一处琤琮的泉流，和着仿佛是断续的琴声，低诉着一个幽独者自误的音调。

　　看到这同一片阳光射到地上时，我感到地面上花影浮动，暗香吹拂左右，人随着晌午的光霭花气在变幻，那种动，柔谐婉转有如无声音乐，令人悠然轻快，不自觉地脱落伤愁。至多，在舒扬理智的客观里使我偶一回头，看看过去幼年记忆步履所留的残迹，有点儿惋惜时间；微微怪时间不能保存情绪，保存那一切情绪所曾流连的境界。

倚在软椅上不但奢侈，也许更是一种过失，有闲的过失。但东坡的辩护"懒者常似静，静岂懒者徒"①，不是没有道理。如果此刻不倚榻上而"静"，则方才情绪所兜的小小圈子便无条件地失落了去！人家就不可惜它，自己却实在不能不感到这种亲密的损失的可哀。

就说它是情绪上的小小旅行吧，不走并无不可，不过走走未始不是更好。归根说，我们活在这世上到底最珍惜一些什么？果真珍惜万物之灵的人的活动所产生的种种，所谓人类文化？这人类文化到底又靠一些什么？我们怀疑或许就是人身上那一撮精神同机体的感觉，生理心理所共起的情感，所激发出的一串行为，所聚敛的一点智慧——那么一点点人之所以为人的表现。宇宙万物客观的本无所可珍惜，反映在人性上的山川草木禽兽才开始有了秀丽，有了气质，有了灵犀。反映在人性上的人自己更不用说。没有人的感觉，人的情感，即便有自然，也就没有自然的美，质或神方面更无所谓人的智慧，人的创造，人的一切生活艺术的表现！这样说来，谁该鄙弃自己感觉上的小小旅行？为壮壮自己胆子，我们更该相信唯其人类有这类情绪的驰骋，实际的世间才赓续着产生我们精神所寄托的文物精萃。

此刻我竟可以微微一咳嗽，乃至于用播音的圆润口调说：我们既然无疑地珍惜文化，即尊重盘古到今种种的艺术——无论是抽象的思想的艺术，或是具体的驾驭天然材料另创的非天然形象——则对于艺术所由来的渊源，那点点人的感觉，人的情感智慧（通称人的情绪的），又当如何地珍惜才算合理？

但是情绪的驰骋，显然不是诗或画或任何其他艺术建造的完成。这驰骋此刻虽占了自己生活的若干时间，却并不在空间里占任何一个小小位置！这个情形自己需完全明了。此刻它仅是一种无踪迹的流动，并无栖身的形体。它或含有各种或可捉摸的质素，但是好奇地探讨这个质素而具体要表现它的差事，无论其有无意义，除却本人外，别人是无能为力的。我此刻为着一片清婉可喜的阳光，分明自己在对内心交流变化的各种联想发生一种兴趣的注意，换句话说，这好奇与兴趣的注意已是我此刻生活的活动。一种力量又迫着我来把握住这个活动，而设法表现它，这不易抑制的冲动，或即所谓艺术冲动也未可知！只记得冷静的杜工部[2]散散步，看看花，也不免会有"江上被花恼不彻，无处告诉只颠狂"的情绪上一片紊乱！玲珑煦暖的阳光照人面前，那美的感人力量就不减于花，不容我生硬地自己把情绪分划为有闲与实际的两种，而权其轻重，然后再决定取舍的。我也只有情绪上的一片紊乱。

情绪的旅行本偶然的事，今天一开头并为着这片春初晌午的阳光，现在也还是为着它。房间内有两种豪侈的光常叫我的心绪紧张如同花开，趁着感觉的微风，深浅凌乱于冷智的枝叶中间。一种是烛光，高高的台座，长垂的烛泪，熊熊红焰当帘幕四下时各处光影掩映。那种闪烁明艳，雅有古意，明明是画中景象，却含有更多诗的成分。另一种便是这初春晌午的阳光，到时候有意无意地大片子洒落满室，那些窗棂栏板几案笔砚浴在光霭中，一时全成了静物图案；再有红蕊细枝点缀几处，室内更是轻香浮溢，叫人俯仰全触到一种灵性。

这种说法怕有点会发生误会，我并不说这片阳光射入室内，需要笔砚花香那些儒雅的托衬才能动人，我的意思倒是：室内顶寻常的一些供设，只要一片阳光这样又幽娴又洒脱地落在上面，一切都会带上另一种动人的气息。

这里要说到我最初认识的一片阳光。那年我六岁，记得是刚刚出了水珠以后——水珠即寻常水痘，不过我家乡的话叫它作水珠。当时我很喜欢那美丽的名字，忘却它是一种病，因而也觉到一种神秘的骄傲。只要人过我窗口问问出"水珠"么？我就感到一种荣耀。那个感觉至今还印在脑子里。也为这个缘故，我还记得病中奢侈的愉悦心境。虽然同其他多次的害病一样，那次我仍然是孤独的被囚禁在一间房屋里休养的。那是我们老宅子里最后的一进房子；白粉墙围着小小院子，北面一排三间，当中夹着一个开敞的厅堂。我病在东头娘的卧室里。西头是婶婶的住房。娘同婶永远要在祖母的前院里行使她们女人们的职务的，于是我常是这三间房屋唯一留守的主人。

在那三间屋子里病着，那经验是难堪的。时间过得特别慢，尤其是在日中毫无睡意的时候。起初，我仅集注我的听觉在各种似脚步，又不似脚步的上面。猜想着，等候着，希望着人来。间或听听隔墙各种琐碎的声音，由墙基底下传达出来又消敛了去。过一会儿，我就不耐烦了——不记得是怎样的，我就趿着鞋，挨着木床走到房门边。房门向着厅堂斜斜地开着一扇，我便扶着门框好奇地向外探望。

那时大概刚是午后两点钟光景，一张刚开过饭的八仙桌，异常寂寞地立在当中。桌下一片由厅口处射进来的阳光，泄泄融融地倒在那里。一个绝对悄寂的周围伴着这一片无声的金色的晶莹，不知为什么，忽使我六岁孩子的心里起了一次极不平常的振荡。

那里并没有几案花香，美术的布置，只是一张极寻常的八仙桌。如果我的记忆没有错，那上面在不多时间以前，是刚陈列过咸鱼、酱菜一类极寻常俭朴的午餐的。小孩子的心却呆了。或许两只眼睛倒张大一点，四处地望，似乎在寻觅一个问题的答案。为什么那片阳光美得那样动人？我记得我爬到房内窗前的桌子上坐着，有意无意地望望窗外，院里粉墙疏影同室内那片金色和煦绝然不同趣味。顺便我翻开手边娘梳妆用的旧式镜箱，又上下摇动那小排状抽屉，同那刻成花篮形小铜坠子，不时听雀跃过枝清脆的鸟语。心里却仍为那片阳光隐着一片模糊的疑问。

时间经过二十多年，直到今天，又是这样一泄阳光，一片不可捉摸，不可思议流动的而又恬静的瑰宝，我才明白我那问题是永远没有答案的。事实上仅是如此：一张孤独的桌，一角寂寞的厅堂。一只灵巧的镜箱，或窗外断续的鸟语，和水珠——那美丽小孩子的病名——便凑巧永远同初春静沉的阳光整整复斜斜地成了我回忆中极自然的联想。

注释:

① 出自苏轼的诗作《送岑著作·懒者常似静》，全诗为："懒者常似静，静岂懒者徒。拙则近于直，而直岂拙欤。夫子静且直，雍容时卷舒。嗟我复何为，相得欢有余。我本不违世，而世与我殊。拙于林间鸠，懒于冰底鱼。人皆笑其狂，子独怜其愚。直者有时信，静者不终居。而我懒拙病，不受砭药除。临行怪酒薄，已与别泪俱。后会岂无时，遂恐出处疏。惟应故山梦，随子到吾庐。"

② 即杜甫，下及诗句出自《江畔独步寻花七绝句·其一》，全诗为："江上被花恼不彻，无处告诉只颠狂。走觅南邻爱酒伴，经旬出饮独空床。"

访"葡萄常"

邓拓

北京崇文门外花市大街有一条胡同，名叫下唐刀；胡同里住着一家姓常的手工艺人，外号"葡萄常"。

常家本是做料器玩具的家庭作坊，有一百年左右的历史，什么葫芦、果子都能做一些；而最拿手的是软枝紫葡萄，做的像真的一样。"葡萄常"的名声就由此而来。

守着家传的特种手工艺的技巧，常家的姑侄姊妹们竟然都不出嫁。她们几十年来凭着自己灵巧的双手，辛勤的劳动，度着清寒的岁月；直至白发催走了青春，她们也不后悔。

现在"葡萄常"的主持人常桂禄是六十岁的老姑姑，耳朵已经聋了，身体却很健壮。她说话时洪亮的声音和大踏步走路的姿态，使人自然而然地会想象到当年这位蒙古族的姑娘多么倔强而豪爽。她有姊妹各一人。姊姊常桂福是身披袈裟的剃发女尼，猛一见面简直要把她误认作和尚。她说话的声音也和男人差不多，举止动作完全摆脱了女子的模样。虽然今年已经六十二岁了，她却还照旧参加劳动。妹妹常桂寿，五十六岁，在三个老姊妹中间，要算她是最精明能干的了。她的风度和两位姊姊有很大不同，这只要看她那瘦长的身材和有时在脸上泛起的红晕就可以知道。

她们有两个侄女：常玉清五十岁，作风有点像她那位出家的大姑常桂福；常玉龄四十五岁，举动和谈吐同她的二姑常桂禄十分相像。这五个姑侄姊妹把手工技巧看得比什么都重要；做成一串串的葡萄比那园子里新摘下来的也差不多，深紫色的薄皮上覆着一层轻霜，柔软的枝干衬着几片绿叶，叫人望见它们嘴里就有酸甜的感觉。这些葡萄受到广大人们的称赞实在不是偶然的，这是常家姑侄姊妹的血汗和眼泪的结晶。

老辈子的生活像梦一样地消逝了，然而，这几位姑侄姊妹每次谈起来总还是历历如在眼前。她们几十年来相依为命，从旧时代黑暗的牢笼中走出来，一步步踏上了真正的解放之路。时常使她们感动的今昔生活的鲜明对比，怎么能叫她们忘怀呢？

"谁能想到我们已往的日子怎么过的！"当我问到常家过去的生活状况的时候，常桂禄感叹起来了。她们姑侄姊妹们围坐在中堂，你一句我一句地诉说着两代相传的往事。

那是清朝咸丰初年，太平军到了南京，全国震动，清朝政府加紧压迫和勒索，闹得在旗的下层人民也都不能生活了。常桂禄的父亲常在，从正蓝旗的蒙古营里搬出来，就开始做料器玩具，自做自卖，维持家计。有一年灯节，西太后派人搜罗各种手工艺品，在旗的人都知道常在的手艺高，就叫他往宫里送东西。据说西太后看他做的料器好，赏了他一个字号，叫"天义常"。后来常在去世，他的两个儿子，蒙古名是扎伦布和伊罕布，继续操这手艺。

　　伊罕布做活最辛勤，有一次他的作品参加了巴拿马赛会，得了奖状。可是，在那些时候，手工艺人总是受轻视的。伊罕布身体很弱，生活又苦，只四十九岁就死了。他的妻子现年七十二岁，随着常桂禄姊妹们过日子，也参加劳动。他的女儿常玉龄从小就跟着她的姑姑们学会了一手好工艺。

　　不久，扎伦布也死了。他的女儿常玉清也随着常桂禄姊妹们过活。他的儿子有的早死，有的出家了，留下三个孙子。从此常桂禄姊妹们就挑起了全部生活的重担。

　　"扎伦布和伊罕布去世以后，百事只好都由我们姊妹承当。"常桂禄谈起后来的生活，声音越来越低，有时就停住了。

　　她们过去生活中最痛苦的期间，是在日伪和国民党反动统治下的十二个年头。常家的手艺再好也经受不了那些苛捐杂税、额外勒索和其他种种的摧残。她们抱头痛哭了一场，终于含着眼泪，丢开家传的手艺，去烤白薯，炸油饼，充当卖零食的小摊贩。常桂禄说到当时的情景，脸色变得阴沉沉的，身上好像在打颤。

北京和全国的解放，首先使她们感受到的最重大的实际意义，就在于她们的家庭特种手工艺的恢复和发展。一九五二年在北京天坛举行的物资交流大会，也正是"葡萄常"姑侄姊妹扬眉吐气的新时期的开始。她们所做的葡萄在国内外的销路都打开了。人们称赞常家的手艺是"巧夺天工"，争先向常桂禄要求订货。

"我这二姊七岁就能做活，如今我们就把她的名字常桂禄做我们的字号。"常桂寿插进一段话，特别夸奖她的姊姊。果然，在印好的招贴纸和卡片上，我看见都是常桂禄的名字。原来她们从小没有机会读书，家庭的环境又封建、又迷信。常桂福年轻的时候没有出嫁，到了三十六岁的那一年索性就当了尼姑。常桂禄、常桂寿看见姊姊不出嫁，当然也就做同样的打算，还有两个侄女受了姑姑的影响，也都下定了不出嫁的决心。当尼姑的既然不便主持家计，于是常桂禄就不能不做一家之主了。

这使我不禁联想到中国历代手工业者用一切方法保守技术秘密的许多悲剧，我疑心这个悲剧在常家一直演到如今还没有终场。

"你们不出嫁不是为了保守家传手工艺的秘密吗？"我问。

"不是的。我们爱自在，才不想出嫁。"常桂寿很机智地抢先替她的姊姊作了这样的解释，她那瘦长的满是皱纹的脸上忽然又泛起了一层红晕。

"您怎么想当尼姑去了？"我转过来向着常桂福发问。

"我早年喜欢尼姑……"她似乎早就准备好了一句答话，而临时又有所踌躇。

恐怕这样的对话多少会刺激她们，我赶快换了话题，继续谈论她们现在的生活和生产的情形。

去年（一九五五年）十一月间北京手工业合作化运动还没有开始的时候，我看见常家这几位姑侄姊妹的劳动条件还不够好。在手工业合作化运动中，我又听说常桂禄有一些顾虑。她害怕合作化以后要取消老字号，要集中到合作社去跟别人一起劳动。她觉得一百年来的家底就要完了，心里难过。但是，事实并不是这样。她们的老字号仍然照旧，也没有集中到合作社去，劳动条件却有很大的改善，外边的订货增加了一倍多，生产规模随着扩大了。一种欣欣向荣的好光景出现在她们的面前。当我这次再来访问的时候，她们一见面都笑逐颜开，同声称赞合作化是再好不过的，并且表示愿意顺着这条道儿走到底。她们说："北京解放是我们手艺人的头一次解放，合作化是我们的又一次解放。"

我问了常家合作化前后的营业状况，可以看出来，区的领导机关对她们的特殊情况照顾得十分周到；她们在合作化的运动中相当如意，并且生产发展得很快。合作化以前她们每月平均流水是人民币八百元至九百元。合作化以后，今年二月份的流水就增加到一千二百元，最近的一个月增加到二千五百九十元。除了原材料、工资、税收等项支出以外，每月可以获得纯利百分之十五。她们五个姑侄姊妹，加上常桂禄的嫂嫂一共六个人，每人又都评定了工资，每月各七十元到八十元不等。为了扩大生产和提高劳动效率，区里帮助她们从通县调来了两个烧玻璃球的"点炉工"，还招收了四个女徒弟。

　　常桂禄总结合作化的好处是：一、原料不缺；二、周转方便；三、税率减轻；四、技术提高；五、销路扩大。现在她们的产品远销外国，供不应求。有的订货单一次就要五万枝葡萄，使他们又喜又愁。喜的是营业发展非常快，愁的是手工生产赶不上。这是新的矛盾。她们已经进一步认识，只有推广技术，扩大生产，更加紧密地依靠合作社，才能够解消这个矛盾。

　　离开常家的时候，我由衷地祝福她们，并且用"画堂春"的调子写了一首词送给她们：

常家两代守清寒，

百年绝艺相传。

葡萄色紫损红颜，

旧梦如烟！

合作别开生面，

人工巧胜天然；

从今技术任参观，

比个嫣妍。

　　她们送出门来，临别时诚恳地表示，希望首都的美术家帮助她们，把她们所做的软枝葡萄的特点，用新的技术设计方法固定下来，并且使她们的手工技巧有更进一步的提高。

长江轮上

叶紫

深夜，我睡得正浓的时候，母亲突然将我叫醒：

"汉生，你看！什么东西在叫？……我刚刚从船后的女茅房里回来……"

我拖着鞋子。茶房们死猪似的横七横八地倒在地上，打着沉浊的鼾声。连守夜的一个都靠着舱门睡着了。别的乘客们也都睡了，只有两个还在抽鸦片，交谈着一些令人听不分明的，琐细的话语。

江风呼啸着。天上的繁星穿钻着一片片的浓厚的乌云。浪涛疯狂地打到甲板上，拼命似的，随同泡沫的飞溅，发出一种沉锐的，创痛的呼号！母亲畏缩着身子，走到船后时，她指着女厕所的黑暗的角落说：

"那里！就在那里……那里角落里！有点什么声音的……"

"去叫一个茶房来？"我说。

"不！你去看看，不会有鬼的……是一个人也不一定……"

我靠着甲板的铁栏杆，将头伸过去，就有一阵断续的凄苦的呜咽声，从下方，从浪花的飞溅里，飘传过来：

"啊哟……啊啊哟……"

"过去呀！你再过去一点听听看！"母亲推着我的身子，关心地说。

"是一个人，一个女人！"我断然回答着，"她大概是用绳子吊在那里的，那根横着的铁棍子下面……"

一十五分钟之后，我遵着母亲的命令，单独地，秘密而且冒险地救起了那一个受难的女人。

她是一个大肚子，一个四十岁上下的乡下妇人。她的两腋和胸部都差不多给带子吊肿了。当母亲将她拉到女厕所门前的昏暗的灯光下，去盘问她的时候，她便睐着一双长着萝卜花瘤子的小眼，惶惧地，幽幽地哭了起来。

"不要哭呢！蠢人！给茶房听见了该死的……"母亲安慰地，告诫地说。

她开始了诉述她的身世，悲切而且简单：因为乡下闹灾荒，她拖着大肚子，想同丈夫和孩子们从汉口再逃到芜湖去，那里有她的什么亲戚。没有船票，丈夫孩子们在开船时都给茶房赶上岸了，她偷偷地吊在那里，因为是夜晚，才不曾被人发觉……

朝我，母亲悠长地叹了一口气说：

"两条性命啊！几乎……只要带子一断……"回头再对着她，"你暂时在这茅房里藏一藏吧，天就要亮。我们可以替你给账房去说说好话，也许能把你带到芜湖的……"

我们仍旧回到舱中去睡了。母亲好久还在叹气呢！……但是，天刚刚一发白，茶房们就哇啦哇啦地闹了起来！

"汉生！你起来！他们要将她打死哩！……"母亲急急地跺着脚，扯着我的耳朵。她不知道在什么时候爬起来了。

"谁呀？"我睡意朦胧地，含糊地说。

"那个大肚子女人！昨晚救起来的那个！……茶房在打哩！……"

我们急急地赶到船后，那里已经给一大群早起的客人围住着。一个架着眼镜披睡衣的瘦削的账房先生站在中央，安闲地咬着烟卷，指挥着茶房们的拷问。大肚子女人弯着腰，战栗地缩成一团，从散披着的头发间晶晶地溢出血液。旁观者的搭客，大抵都像看着把戏似的，觉得颇为开心；只有很少数表示了"爱莫能助"似的同情，在摇头，吁气！

我们挤到人丛中了，母亲牢牢地跟在我的后面。一个拿着棍子的歪眼的茶房，向我们装出了不耐烦的脸相。别的一个，麻脸的，凶恶的家伙，睁着狗一般的黄眼睛，请示似的，向账房先生看了一眼，便冲到大肚子的战栗的身子旁边，狠狠地一脚——

那女人尖锐地叫了一声，打了一个滚，四肢立刻伸开来，挺直在地上！

"不买票敢坐我们外国人的船，你这烂污货！……"他赶上前来加骂着，俨然自己原就是外国人似的。

母亲急了！她挤出去拉住着麻子，怕她踢第二脚；一面却抗议似的责问道："你为什么打她呢？这样凶！……你不曾看见她的怀着小孩的肚子吗？"

"不出钱好坐我们外国人的船吗？"麻子满面红星地反问母亲；一面瞅着他的账房先生的脸相。

"那么，不过是——钱喽……"

"嗯！钱！……"另外一个茶房加重地说。

母亲沉思了一下，没有来得及想出来对付的办法，那个女人便在地上大声地呻吟了起来！一部分的看客，也立时开始了惊疑的，紧急的议论。但那个拿棍子的茶房却高高地举起了棍子，企图继续地扑打下来。

母亲横冲去将茶房拦着，并且走近那个女人的身边，用了怜悯的眼光，看定她的肚子。突然地，她停住了呻吟，浑身痉挛地缩成一团，眼睛突出，牙齿紧咬着下唇，喊起肚子痛来了！母亲慌张地弯着腰，蹲了下去，用手替她在肚子上慢慢地，一阵阵地，抚摸起来。并且，因了过度的愤怒的缘故，大声地骂詈着残暴的茶房，替她喊出了危险的、临盆的征候！

看客们都纷纷地退后了。账房先生嫌恶地，狠狠地唾了一口，也赶紧走开了。茶房们因为不得要领，狗一般地跟着，回骂着一些污秽的恶语，一直退进到自己的舱房。

我也转身要走了，但母亲将我叫住，吩咐着立即到自己的铺位子上去，扯下那床黄色的毯子来；并且借一把剪刀和一根细麻绳子。

我去了，忽忙地穿过那些探奇的、纷纷议论的人群，拿着东西回来的时候，母亲已经解下那个女人的下身了。地上横流着一大摊秽水。她的嘴唇被牙齿咬得出血，额角上冒出着豆大的汗珠，全身痛苦地，艰难地挣扎着！她一看见我，就羞惭地将脸转过去，两手乱摇！但是，立时间，一个细小的红色的婴儿，秽血淋漓地钻出来了！在地上跌了一个翻身，哇哇地哭诉着她那不可知的命运！

我连忙转过身去。母亲费力地喘着气，约有五六分钟久，才将一个血淋淋的胎衣接了出来，从我的左侧方抛到江心的深处。

"完全打下来的！"母亲气愤地举着一双血污的手对我说，"他们都是一些凶恶的强盗！……那个胎儿简直小得带不活，而他们还在等着向她要船钱！"

"那么怎么办呢？"

"救人要救彻！……"母亲用了毅然地，慈善家似的口吻说，"你去替我要一盆水来，让我先将小孩洗好了再想办法……"

太阳已经从江左的山崖中爬上来一丈多高了。江风缓和地吹着。完全失掉了它那夜间的狂暴的力量。从遥远的江流的右崖的尖端，缓缓地爬过来了一条大城市尾巴的轮廓。

母亲慈悲相地将孩子包好，送到产妇的身边，一边用毯子盖着，一边对她说：

"快到九江了，你好好地看着这孩子……恭喜你啊！是一个好看的小姑娘哩！……我们就去替你想办法的。……"

产妇似乎清醒了一些，睁开着凌凉的萝卜花的眼睛，感激地流出了两行眼泪。

在统舱和房舱里（但不能跑到官舱间去），母亲用了真正的慈善家似的脸相，叫我端着一个盘子，同着她向搭客们普遍地募起捐来。然而，结果是大失所望。除了一两个人肯丢下一张当一角或两角的钞票以外，剩下来的仅仅是一些铜元；一数，不少不多，刚刚合得上大洋一元三角。

母亲深沉地叹着气说："做好事的人怎么这样少啊！"从几层的纸包里，找出自己仅仅多余的一元钱来，凑了上去。

"快到九江了！"母亲再次走到船后，将铜板、角票和洋钱捏在手中，对产妇说："这里是二元多钱，你可以收藏一点，等等账房先生来时你自己再对他说，给他少一点，求他将你带到芜湖！……当然，"母亲又补上去一句："我也可以替你帮忙说一说的……"

产妇勉强地挣起半边身子，流着眼泪，伸手战栗地接着钱钞，放在毯子下。但是，母亲却突然地望着那掀起的毯子角落，大声地呼叫了起来：

"怎么！你的孩子？……"

那女人慌张而且惶惧地一言不发，让眼泪一滴赶一滴地顺着腮边跑将下来，沉重地打落在毯子上。

"你不是将她抛了吗？你这狠心的女人！"

"我，我，我……"她嚅嚅地，悲伤地低着头，终于什么都说不出。

母亲好久好久地站立着，眼睛盯着江岸，盯着那缓缓地爬过来的、九江的繁华的街市而不作声。浪花在船底哭泣着，翻腾着！——不知道从哪一个泡沫里，卷去了那一个无辜的、纤弱的灵魂！……

"观世音娘娘啊！我的天啊！一条性命啊！……"

茶房们又跑来了，这一回是奉的账房先生的命令，要将她赶上岸去的。他们两个人不说情由地将她拖着，一个人替她卷着我们给她的那条弄满血污的毯子。

船停了。

母亲的全部慈善事业完全落了空。当她望着茶房们一面拖着那产妇抛上岸去，一面拾着地上流落的铜板和洋钱的时候，她几乎哭了起来。

劫

彭家煌

张妈将两个月工资寄回家后，个把月还没接到丈夫的回信，虽在冗忙时，她心里总是上七下八的，好像身子挂在危崖上摇晃，又像乌云托着她在渺无边际的空虚中漂流。为着几个钱，恩爱的夫妻就同散了伙被转买到千十万家，连信都不能常收到，本来，寒苦人家有几个人识字的，要寄信就寄信，哪有这么方便啊！

她的神情惝悦的，每逢前后门"劈拍劈拍"的响，心里就起了共鸣："说不定他来了，他说今年春上准到上海来玩玩的。不然，便是邮差送信来，许多信中有这么的一封：封套小小的，软软的，很脏，中间有一条红签或是用粗纸当封套，上面有淡墨写的歪斜的字。"

于是她的脚步就快了，像鸡婆弹土似的忙，把门开了。门外倘是客人，她就问明了找谁，心冷了半截地把话回复了，果真是邮差送信来，她就如发了洋财一般地抢着一把接住，一封一封地去认明，看有没有封套上有红签的，有，她就脚不停轮地奔上楼推推亭子间的门，问："何先生，请你看看这里面有没有绍兴寄来的？——这封是不是？"她还拣了一封合于自己所推想的，俨然就能断定只有绍兴有那么的信封，何先生瞧着她那焦急的样子，偏要接着信看了又看，越耽误时候越有意义似的将那个"不——是"悠悠地唱出来，等她灰心地拿着信要交给太太去，他却又叫她回来说："仿佛有一封是的样，我还没看清呢！"当真，她又奔回将信给他看，他馋涎欲滴地瞧着她笑眯眯，慎重其事地说："哼，真没有绍兴寄来的！"这样说了，她才决心地走去，她只要得着真实的消息，也就不思索自己这样跑来跑去是怎么回事了，她的脑海里有时不过有个这样的影子：何先生很柔和，不像东家和太太那么的爱对她板起严峻的脸子，自己不识字，太太也不识字，没有他，看家书，写回信就可真糟了糕。

信，星期日的下午她竟收到了一封，套上有红签的，经何先生证明是绍兴寄来的，她将它贴身地藏着，很高兴，洗衣，泡水，无论做什么平常不愿意做的事，这时脸上总是露着桃红的笑靥，不过"他该平安吧？孩子乖吧？婆婆健旺吧？"这些思潮在脑中一回旋，眉毛便皱起，容颜又是愁戚的，信虽则收到了，里面包藏的是安慰，是悲哀，这还没证实，她想请何先生替她看看信，只是几个月以来才接到这价值万金的家书，信息不好，固然不妨缓缓地知道，乐得自己空幻地快乐一阵，倘是信息好，这一丝的安慰在纷忙冗杂中也就不容易领略到，那太糟蹋了，不如等自己闲逸时再请何先生读给她听，顺便请他写封回信。这样回来的一推敲，主意就决定了，她还是埋头低脑做她的事，赶快料理她的事务，预备腾出充分的时间来专办这件事，便中，信纸信封也买好了，回信中应说些什么，那是早是已有了底稿的。

晚餐后，东家和太太上了电影院，家里没有谁，她想这时候了，就喜滋滋地推开亭子间的门。

"何先生今晚不出门吗？"

"没定，有什么事？"

"想请何先生看看信。"

"好啊，因为你要看信，我就不出门吧！"

她笑着就进了房，转过背，伸手在衬衣里找了半天，找出那封信，交给何先生。何先生就拆开来看，她虽不识字，也伏在桌上，忧喜的容颜时时在脸上变幻，眼睛却注视何先生的脸，希望在他的神情里探出家中的消息的好坏。何先生看了信，脸上浮出的是滑稽的笑容，她的摇摇摆摆的心似乎就安定了，面部的愁云也消失了，家中平安的消息，在何先生的笑容里探出了，然而还是急切地问：

"我家里该没有什么吗？上个月寄回十块钱信上不知说了没？""没有什么，钱也收到了，只是……"何先生痴痴地瞧着她笑，俨然信里有笑的材料。

"只是什么？请你念给我听吧，谢谢你！"她的心里有些恍惚，担心着家里出了什么丑事似的。

"念是自然念给你听，可是念出来你可不要难为情噢。"他笑着，眼睛斜斜地瞅着她，"你靠拢来点，我轻轻地念给你听吧？"他两手抱着自己的身子两边摇摆，摆得很入神。

"别装腔，请你爽爽气气地念吧，谢谢你！"她口里虽是这样说，心里真的有些难为情，只是"靠拢来点"，却不肯照办。

"好吧，那么我念噢？"他微微地有点不满意地念："妹妹，二月初三收到汝信，并大洋拾元，我非常欢喜。汝近来身子不知好否，甚念，在外总要保养身体，钱要用时尽可留用，不必每月全数寄回，家中一切平安，二妹生了小的，元宵后回家住了半个月，银儿也乖，前几天他受了感冒，晚上发热，口里只是喊姆妈，现在已经好了。我呢，近来精神有些不济。"

这些不关紧要的话，一气就念完了，他默默地瞧着她，探探气色，她的脸上忽然灰白了，"银儿才五岁半，这么小的孩子就离了娘，婆婆老态龙钟的还得要人服侍。他是整天辛劳哪有工夫管，冷热尿屎，有谁照应他，这些还事小，他又没有伴，门前的那口塘，水光闪闪的，设若掉下去，那就……"，她正在暗地里酸楚，何先生又火上加油地把信中的话接上，"饭也吃不下，做事是无精打彩的，走进房，冷冷清清的像是和尚庵，一躺在床上就做梦，每每梦见你，梦到那些事情上去。两年多的日子都是这样凄凄惨惨地过去，妹妹呀……"他又停住了，眼睛向她睃了一睃，吓吓地干笑着。她的灰白的脸忽又血红了，眼眶里泪珠莹莹的。她发现何先生注视她，她用手遮了脸，转过身子去。

"还有要紧的话，——怎么着！站拢来点啊！"

"唉，谢谢你，不要念了，我是光眼瞎，你随意造些话在里面，谁晓得。"

她羞羞地回转头来说，精神又渐渐地舒畅了，快慰了。

"真的，句句是真的，我还骗你吗？你素来对我很好的，我还骗你吗？"

"唉，那就是他受了人家的骗啦！——唉，作孽，他也是少读了几句书，家信也要请人写，请人看的，你晓得又是请了个什么化孙子写了这些鬼话啦！唉，真作孽！"

"是呀，写信就要找我们这样老实人写，这作兴是谁跟他玩笑也说不定，我是照着信上念的。只是你已经出门这样久，他就难道真不想你吗？"他瞧着她融融地笑："哪个男人不想堂客，哪个堂客又不想男人的。"

她把头低下去，避一避灯光，何先生越瞧越神往，"还有要紧的话"也就没有了。她像受了感冒似的，身子动了一动，却启却又停住，沉思了一阵说："何先生，真的不出门吗？如果不出门，那就还要麻烦你一下。"

"你既是有事，我就不出门也行，你不是别人，什么事我都肯替你尽心的。"何先生谄媚了两句，又启示她说："太太又不在家，说不定一二点钟才回来，趁着你有工夫，就把你要做的事情替你做了吧！"

"是的，太太在家就忙不开，趁着今晚就请你写一封回信吧？一次不了一次地麻烦你，真是折磨人。"她实实在在地抱歉，虽则自己平常也替他打水，买东西，究竟写信看信是比什么都难的。

"啊——就是写回信呵，我以为有什么好事情麻烦我，好吧，你就站在我面前说，我一句一句替你写就是。"

她得了何先生的允许，就像喜鹊一样地要飞下楼去取信纸。

"不必下楼了，你是取信纸吗？我这里有，早就替你预备好了的。"

"信纸信封也要用何先生的，这怎么要得！"她一边说，一边走回来，倚着桌子边站着。"请何先生这样写，就说我身体好，事情么，也不很忙，只是没有什么大味分。信么，收到了，我很挂念家里，不知为什么老是几个月不寄信来。"她响了一响嗓子，又再往下说，许多的话就赛跑似的纷乱着，一齐拥到口门来："婆婆么，唉……"说到婆婆就有无穷的慨喟要向何先生申诉似的："那么大的岁数，不知还常常发气痛不，事情要她老人家少做一点，这样要管，那样要管，一张碎米嘴整天烦个不住，我要出门么，也不是纯然为着家里穷，实在也是受不住叽嘈，你怕我真忍心——"她的喉头像塞了什么，"二妹是前年出嫁的，她老人家就只有这个女儿胎，几多看得重啰！生了孩子，我好意思不送礼吗？二妹是跟婆婆一气的！在家里的时候，指鸡骂狗，受她的气也真受足了。但是，我不送礼，她们不生气吗？讲起来，我在外面赚钱，赚洋钱，唉，一天忙到晚，伤风头痛，还敢困在床上吗？"她越扯越远，费了一番思索才找着了头绪："呵，请你添上一句，说我要寄点衣料给毛毛做点什么，有便头就寄回来，说起来，也算是舅姆胎！就是这几件事。呵，还请添一句，问问婆婆的安，二妹两娘崽人好不，孩子乖不？我么，在这里身子好……"

　　"慢点，慢点，我闹不清，你这封信是写给谁的？信上开头总要有个称呼才行啊。这又不是咱们俩在说话！"

"自然是写给他的。"她羞羞地一笑。

"他是谁，我是谁，你是谁，他，他他，嘿，嘿，嘿……"

"他叫邹士林啦，什么'你是谁'，'我是谁'的！"

"你平常就称他邹士林的吗？这样还算恭敬吗？真是！还是称他哥哥吧，他称过你妹妹的。你对哥哥就没有一句说的吗？"何先生笑眯眯的，目光灼灼地就像射进她的心窝的薄膜，她的眼光就避到窗外，对面亭子间里也是一男一女在做什么，她渐渐地露出苦恼的样子，夫妻之乐在脑里一闪烁，就像做了亏心事，当了官说不出口供。

"怎么，你对哥哥就说不出一句体贴的温存的话吗？他不是精神不济吗？不是也在想你吗？不是……"何先生耸一耸肩，皱一皱眉眼，偏着头，鹰钩鼻子也动了一动，一双贼眼死死地盯着她，她是二十五六的，久旷之后的妇人。

"好啦，好啦，你就替我添上一句：要他自己也好好保养保养身体就是，没别的话了。"她苦笑着说，掉转头，不敢正视何先生。

"替人家写信就得把人家心里的话写出来，有些话是说不出口的，我含糊地替你写着就是。"

何先生拿起笔就写，重要的事，几句就包括了，他就自出心裁地写些动情的句子，预备念给她听。只是几笔写完了，就没有什么戏唱了，怪乏味的，"可是在写信上耽误时候太多也就是徒劳的事。"这样一思量，终于笔如游龙地，一会儿就写完了。"好，完了，嘻，嘻，嘻！"他笔一搁，眼睛就射着她，射着她的眉，眼，两峰凸凸的胸部，腰，而且幻想着腰以下的一切。

"笑什么，笑里藏刀，我不相信你写的，你得念给我听，你别欺我光眼瞎，看你那神气就看得出，你别瞒我。"她带笑地说。

"自然念给你听啦，你站拢来一点，高声地念，像什么，这是私信。"

何先生伸手将她露出衣袖外的手臂像黏了面糊似的一拉，她已神驰到家园，丈夫为她想病了，她该对丈夫安慰几句，她就像站在丈夫的床沿，被他一拉似的，站在何先生的身边。

她听到："哥哥，你的信，收到了。近日婆婆安否？二妹和小儿乖否？银儿吵事不！甚念！妹想送二妹一点衣料，给小儿做衣服，有便即当寄回家，妹在外自知保养，请莫悬念。自己身体要紧。"她就像在跟丈夫对话，相距咫尺似的，"哥哥，请晚上不要胡思乱想啊，像我，难道不时常思想你吗？只是想来想去，还是一场空，这不是无益之事吗？哥哥呀……"何先生有神有韵地念，一边笑着偷偷地瞅着她，她的确又落到凄愁的海里了，她顿觉自己还自在他乡，对着别的男子的面孔，这些情话虽是自己心里所要说的千万分之一，然而这是别的人替她说出的，这不是说给丈夫听，是何先生说给她自己听，凄切、羞惭的情绪在她的脸上交织着，眼泪几乎流下来了。但她的眼泪不愿对着何先生流，她强作笑颜说：

"你们当先生的就没有一个好人，请你写封信呢就爱鬼扯腿地乱写，唉，我要是认识几个字，自己能够动笔，真是一世也不愿求你们的。"她狠狠地啐了何先生一口，但她那春情驰宕的神景，徒然使何先生加倍地醉迷！

"真是，费力不讨好，我贪图个什么，这样体贴地替你写信？"何先生拿着写好了的信，紧紧地握着，咬紧牙齿装出要扯去的形势。

"好啦，好人做到底，我说得玩的，请你将信给我吧，谢谢你！"她恳求地说。

"是啦，这就是话了！"何先生笑着说，一壁将封套照着原信上载的住址写了，昂起头来沉着地咕噜着，"你将什么谢我啊，口口声声'谢谢你谢谢你'？"

"啊——啊——我替你洗衣服，干干净净地洗。"

"不行，洗衣服我还是给钱你，而且多给。"

"替你扫地拖地板，擦桌椅。"

"更不行，这我自己能动手，不必劳你的驾。"

"那么，怎样谢你呢？——买两盒香烟送给你。"

"见鬼啦，我少的是香烟吗？有的是大联珠①！"

"那么，我谢你什么，你说出来啊！"

"你不要花钱去买，也不要你向别处去寻求，你自己身上有的，现在就带在身边呢，我要的是那东西，你猜。"

"我身边没有么，你指给我看，你所要的。"她毫不思索地说。但她为何先生的奸诈的丑态所提醒，胸部就一起一伏的，神经紧张起来，怯羞与苦闷笼罩在她的脸上，室内惨淡的夜色四合着，她融合在里面化作一片朦胧，她头晕耳热的，眼睛痴呆地瞧着何先生，身子不由得慑缩地往后退，何先生强盗般地窜起来，"我要的是这个！"他抢着用手撩起她的衣服说，纵步跳上前，"扎，扎"地把房门锁了，"碰，碰"地将窗户关了。

"我不，我不，我不……"

"嘻嘻嘻，嘿嘿嘿！"

软弱的挣扎的声音渐渐地微细，亭子间的灯光突然灭了……

注释：

①香烟名，产自中国南洋兄弟烟草公司，上海烟草工业公司监制。

阿长与《山海经》

鲁迅

　　长妈妈，已经说过，是一个一向带领着我的女工，说得阔气一点，就是我的保姆。我的母亲和许多别的人都这样称呼她，似乎略带些客气的意思。只有祖母叫她阿长。我平时叫她"阿妈"，连"长"字也不带；但到憎恶她的时候，——例如知道了谋死我那隐鼠的却是她的时候，就叫她阿长。

　　我们那里没有姓长的；她生得黄胖而矮，"长"也不是形容词。又不是她的名字，记得她自己说过，她的名字是叫作什么姑娘的。什么姑娘，我现在已经忘却了，总之不是长姑娘；也终于不知道她姓什么。记得她也曾告诉过我这个名称的来历：先前的先前，我家有一个女工，身材生得很高大，这就是真阿长。后来她回去了，我那什么姑娘才来补她的缺，然而大家因为叫惯了，没有再改口，于是她从此也就成为长妈妈了。

虽然背地里说人长短不是好事情，但倘使要我说句真心话，我可只得说：我实在不大佩服她。最讨厌的是常喜欢切切察察，向人们低声絮说些什么事。还竖起第二个手指，在空中上下摇动，或者点着对手或自己的鼻尖。我的家里一有些小风波，不知怎的我总疑心和这"切切察察"有些关系。又不许我走动，拔一株草，翻一块石头，就说我顽皮，要告诉我的母亲去了。一到夏天，睡觉时她又伸开两脚两手，在床中间摆成一个"大"字，挤得我没有余地翻身，久睡在一角的席子上，又已经烤得那么热。推她呢，不动；叫她呢，也不闻。

"长妈妈生得那么胖，一定很怕热罢？晚上的睡相，怕不见得很好罢？……"

母亲听到我多回诉苦之后，曾经这样地问过她。我也知道这意思是要她多给我一些空席。她不开口。但到夜里，我热得醒来的时候，却仍然看见满床摆着一个"大"字，一条臂膊还搁在我的颈子上。我想，这实在是无法可想了。

但是她懂得许多规矩；这些规矩，也大概是我所不耐烦的。一年中最高兴的时节，自然要数除夕了。辞岁之后，从长辈得到压岁钱，红纸包着，放在枕边，只要过一宵，便可以随意使用。睡在枕上，看着红包，想到明天买来的小鼓、刀枪、泥人、糖菩萨……然而她进来，又将一个福橘放在床头了。

　　"哥儿，你牢牢记住！"她极其郑重地说，"明天是正月初一，清早一睁开眼睛，第一句话就得对我说：'阿妈，恭喜恭喜！'记得么？你要记着，这是一年的运气的事情。不许说别的话！说过之后，还得吃一点福橘。"她又拿起那橘子来在我的眼前摇了两摇，"那么，一年到头，顺顺流流……"

　　梦里也记得元旦的，第二天醒得特别早，一醒，就要坐起来。她却立刻伸出臂膊，一把将我按住。我惊异地看她时，只见她惶急地看着我。

　　她又有所要求似的，摇着我的肩。我忽而记得了——

　　"阿妈，恭喜……"

　　"恭喜恭喜！大家恭喜！真聪明！恭喜恭喜！"她于是十分欢喜似的，笑将起来，同时将一点冰冷的东西，塞在我的嘴里。我大吃一惊之后，也就忽而记得，这就是所谓福橘，元旦辟头的磨难，总算已经受完，可以下床玩耍去了。

　　她教给我的道理还很多，例如说人死了，不该说死掉，必须说"老掉了"；死了人，生了孩子的屋子里，不应该走进去；饭粒落在地上，必须拣起来，最好是吃下去；晒裤子用的竹竿底下，是万不可钻过去的……此外，现在大抵忘却了，只有元旦的古怪仪式记得最清楚。总之：都是些烦琐之至，至今想起来还觉得非常麻烦的事情。

然而我有一时也对她发生过空前的敬意。她常常对我讲"长毛"。她之所谓"长毛"者，不但洪秀全军，似乎连后来一切土匪强盗都在内，但除却革命党，因为那时还没有。她说得长毛非常可怕，他们的话就听不懂。她说先前长毛进城的时候，我家全都逃到海边去了，只留一个门房和年老的煮饭老妈子看家。后来长毛果然进门来了，那老妈子便叫他们"大王"——据说对长毛就应该这样叫——诉说自己的饥饿。长毛笑道："那么，这东西就给你吃了罢！"将一个圆圆的东西掷了过来，还带着一条小辫子，正是那门房的头。煮饭老妈子从此就骇破了胆，后来一提起，还是立刻面如土色，自己轻轻地拍着胸脯道："啊呀，骇死我了，骇死我了……"

我那时似乎倒并不怕，因为我觉得这些事和我毫不相干的，我不是一个门房。但她大概也即觉到了，说道："像你似的小孩子，长毛也要掳的，掳去做小长毛。还有好看的姑娘，也要掳。"

"那么，你是不要紧的。"我以为她一定最安全了，既不做门房，又不是小孩子，也生得不好看，况且颈子上还有许多炙疮疤。

"哪里的话？"她严肃地说，"我们就没有用么？我们也要被掳去。城外有兵来攻的时候，长毛就叫我们脱下裤子，一排一排地站在城墙上，外面的大炮就放不出来；再要放，就炸了！"

这实在是出于我意想之外的，不能不惊异。我一向只以为她满肚子是麻烦的礼节罢了，却不料她还有这样伟大的神力。从此对于她就有了特别的敬意，似乎实在深不可测；夜间的伸开手脚，占领全床，那当然是情有可原的了，倒应该我退让。

这种敬意，虽然也逐渐淡薄起来，但完全消失，大概是在知道她谋害了我的隐鼠之后。那时就极严重地诘问，而且当面叫她阿长。我想我又不真做小长毛，不去攻城，也不放炮，更不怕炮炸，我惧惮她什么呢！

但当我哀悼隐鼠，给它复仇的时候，一面又在渴慕着绘图的《山海经》了。这渴慕是从一个远房的叔祖惹起来的。他是一个胖胖的，和蔼的老人，爱种一点花木，如珠兰、茉莉之类，还有极其少见的，据说从北边带回去的马缨花。他的太太却正相反，什么也莫名其妙，曾将晒衣服的竹竿搁在珠兰的枝条上，枝折了，还要愤愤地咒骂道："死尸！"这老人是个寂寞者，因为无人可谈，就很爱和孩子们往来，有时简直称我们为"小友"。在我们聚族而居的宅子里，只有他书多，而且特别。制艺和试帖诗，自然也是有的；但我却只在他的书斋里，看见过陆玑的《毛诗草木鸟兽虫鱼疏》，还有许多名目很生的书籍。我那时最爱看的是《花镜》，上面有许多图。他说给我听，曾经有过一部绘图的《山海经》，画着人面的兽，九头的蛇，三脚的鸟，生着翅膀的人，没有头而以两乳当作眼睛的怪物……可惜现在不知道放在哪里了。

很愿意看看这样的图画，但不好意思力逼他去寻找，他是很疏懒的。问别人呢，谁也不肯真实地回答我。压岁钱还有几百文，买罢，又没有好机会。有书买的大街离我家远得很，我一年中只能在正月间去玩一趟，那时候，两家书店都紧紧地关着门。

玩的时候倒是没有什么的，但一坐下，我就记得绘图的《山海经》。

大概是太过于念念不忘了，连阿长也来问《山海经》是怎么一回事。这是我向来没有和她说过的，我知道她并非学者，说了也无益；但既然来问，也就都对她说了。

过了十多天，或者一个月罢，我还记得，是她告假回家以后的四五天，她穿着新的蓝布衫回来了，一见面，就将一包书递给我，高兴地说道："哥儿，有画儿的'三哼经'，我给你买来了！"

我似乎遇着了一个霹雳，全体都震悚起来；赶紧去接过来，打开纸包，是四本小小的书，略略一翻，人面的兽，九头的蛇……果然都在内。

这又使我发生新的敬意了，别人不肯做，或不能做的事，她却能够做成功。她确有伟大的神力。谋害隐鼠的怨恨，从此完全消灭了。

这四本书，乃是我最初得到，最为心爱的宝书。

书的模样，到现在还在眼前。可是从还在眼前的模样来说，却是一部刻印都十分粗拙的本子。纸张很黄，图像也很坏，甚至于几乎全用直线凑合，连动物的眼睛也都是长方形的。但那是我最为心爱的宝书，看起来，确是人面的兽；九头的蛇；一脚的牛；袋子似的帝江；没有头而"以乳为目，以脐为口"，还要"执干戚而舞"的刑天。

此后我就更其搜集绘图的书，于是有了石印的《尔雅音图》和《毛诗品物图考》，又有了《点石斋丛画》和《诗画舫》。《山海经》也另买了一部石印的，每卷都有图赞，绿色的画，字是红的，比那木刻的精致得多了。这一部直到前年还在，是缩印的郝懿行疏。木刻的却已经记不清是什么时候失掉了。

我的保姆，长妈妈即阿长，辞了这人世，大概也有了三十年了罢。我终于不知道她的姓名，她的经历；仅知道有一个过继的儿子，她大约是青年守寡的孤孀。

仁厚黑暗的地母呵，愿在你怀里永安她的魂灵！

我的奶娘

冰心

我的奶娘也是我常常怀念的一个女人，一想到她，我童年时代最亲切的琐事，都活跃到眼前来了。

奶娘是我们故乡的乡下人，大脚，圆脸，一对笑眼（一笑眼睛便闭成两道缝），皮肤微黑，鼻子很扁。记得我小的时候很胖，人家说我长的像奶娘，我已觉得那不是句恭维的话。

母亲生我之后，病了一场，没有乳水，祖父很着急地四处寻找奶妈，试了几个，都不合适，最后她来了，据说是和她的婆婆怄气出来的，她新死了一个三个月的女儿，乳汁很好。祖父说我一到她的怀里就笑，吃了奶便安稳睡着。祖父很欢喜说："胡嫂，你住下吧，荣官和你有缘。"她也就很高兴地住下了。

世上叫我"荣官"的只有两个人，一个是我的祖父，一个便是我的奶娘。我总记得她说："荣官呀，你要好好读书，大了中举人，中进士，做大官，挣大钱，娶个好媳妇，儿孙满堂，那时你别忘了你是吃了谁的奶长大的！"她说这话的时候，我总是在玩着，觉得她粗糙的手，摸在我脖子上，怪解痒的，她一双笑眼看着我，我便满口答允了。如今回想，除了我还没有忘记"是吃了谁的奶长大的"之外，既未做大官，又未挣大钱，至于"娶个好媳妇"这一段，更恐怕是下辈子的事了！

我们一家人，除了用人之外，都欢喜她，祖父因为宠我，更是宠她。奶娘一定要吃好的，为的是使乳水充足；要穿新的，为的是要干净。父亲不常回来，回来时看见我肥胖有趣，也觉得这奶妈不错。母亲对谁都好，对她更是格外的宽厚。奶娘常和我说："你妈妈是个菩萨，做好人没有错处，修了个好丈夫，好儿子。就是一样，这班下人都让她惯坏了，个个作恶营私，这些没良心的人，老天爷总有一天睁天眼！"

那时我母亲主持一个大家庭，上下有三十多口，奶娘既以半主自居，又非常地爱护我母亲，便成了一般婢仆所憎畏的人。她常常拿着秤，到厨房里去称厨师父买的菜和肉，夜里拍我睡了以后，就出去巡视灯火，察看门户。母亲常常婉告她说："你只看管荣官好了，这些事用不着你操心，何苦来叫人家讨厌你。"她起先也只笑笑，说多了就发急。记得有一次，她哭了，说："这些还不是都为你！你是一位菩萨，连高声说话都没说过，眼看这一场家私都让人搬空了，我看不过，才来帮你一点忙，你还怪我。"她一边数落，一边擦眼泪。母亲反而笑了，不说什么。父亲忍着笑，正色说："我们知道你是好心，不过你和太太说话，不必这样发急，'你'呀'我'的，没了规矩！"我只以为她是同我母亲拌嘴，便在后面使劲地捶她的腿，她回头看看，一把拉起我来，背着就走。

说也奇怪，我的抗日思想，还是我的奶娘给培养起来的。

大约是在八九岁的时候，有一位堂哥哥带我出去逛街，看见一家日本的御料理，他说要请我吃"鸡素烧"，我欣然答应。

脱鞋进门，地板光滑，我们两人拉着手溜走，我已是很高兴。

等到吃饭的时候，我和堂哥对跪在矮几的两边，上下首跪着两个日本侍女，搽着满脸满脖子的怪粉，梳着高高的髻，油香逼人。她们手忙脚乱，烧鸡调味，殷勤劝进，还不住地和我们说笑。吃完饭回来，我觉得印象很深，一进门便一五一十地告诉了我的奶娘。她素来是爱听我的游玩报告的，这次却睁大了眼睛，沉着脸，说："你哥哥就不是好人，单拉你往那些地方跑！下次再去，我就告诉你的父亲打你！"我吓得不敢再说。

过了许多日子，偶然同母亲提起，母亲倒不觉得这是一件坏事，还向奶娘解释，说："侄少爷不是一个荒唐人，他带荣官去的地方是日本饭馆子；日本的规矩，是侍女和客人坐在一起的。"奶娘扭过头去说："这班不要脸的东西！太太，您大门不出，二门不迈的，哪里知道这些事呀！告诉您听吧，东洋人就没有一个好的：开馆子的、开洋行的、卖仁丹的，没有一个安着好心，连他们的领事都是他们一伙，而且就是贼头。他们的饭馆侍女，就是窑姐，客人去吃一次，下次还要去。洋行里卖胃药，一吃就上瘾。卖仁丹的，就是眼线，往常到我们村里，一次、两次、三次，头一次画下了图，第二次再来察看，第三次就竖起了仁丹的大板牌子。他们画图的时候，有人在后面偷偷看过，哪地方有树，哪地方有井……都记得清清楚楚。您记着我的话，将来我们这里，要没有东洋人造反，您怎样罚我都行！"父亲在旁边听着，连连点头，说："她这话有道理，我们将来一定还要吃日本人的亏。"

奶娘因为父亲赞成她，更加高兴了，说："是不是？老爷也知道，我们那几亩地，那一间杂货铺，还不是让日本人强占去的？到东洋领事那里打了一场官司，我们孩子的爸爸回来就气死了，临死还叫了一夜'打死日本人，打死东洋鬼。'您看，若不是……我还不至于……"她兴奋得脸也红了，嘴唇哆嗦着，眼里也充满了泪光。母亲眼眶也红了。父亲站了起来，说："荣官，你带奶娘回屋歇一歇吧。"我那时只觉得又愤激又抱愧，听见父亲的话，连忙拉她回到屋里。这一段话，从来没听见她说过，等她安静下来，我又问她一番。她叹口气抚摸着我说："你看我的命多苦，只生了一个女儿，还长不大。只因我没有儿子，我的婆婆整天哭她的儿子，还诅咒我，说她儿子的仇，一辈子没人报了。我一赌气，便出来当奶娘。我想奶一个大人家的少爷，将来像薛仁贵似的跨海征东，堵了我婆婆的嘴，出了我那死鬼男人的气。你大了……"

我赶紧搂着她的脖子说："你放心，我大了一定去跨海征东，打死日本人，打死东洋鬼！"眼泪滚下了她的笑脸，她也紧紧地搂着我，轻轻地摇晃着，说："这才是我的好宝贝！"

从此我恨了日本人，每次奶娘带我到街上去，遇见日本人，或经过日本人的铺子，我们互换着的手，都不由得捏紧了起来。我从来不肯买日本玩具，也不肯接受日货的礼物。朋友们送给我的日俄战争图画，我把上面的日本旗帜，都用小刀刺穿。稍大以后，我很用心地读日本地理，看东洋地图，因为我知道奶娘所厚望于我的，除了"做大官，挣大钱，娶个好媳妇"以外，还有"跨海征东"这一件事。

我的奶娘，有气喘的病，不服北方的水土，所以我们搬到北平的时候，她没有跟去。不过从祖父的信里，常常听到她的消息，她常来看祖父，也有时在祖父那里做些短工。她自己也常常请人写信来，每信都问荣官功课如何，定婚了没有。也问北方的用人勤谨否。又劝我母亲驭下要恩威并济，不要太容纵了他们。母亲常常对我笑说："你奶娘到如今还管着我，比你祖父还仔细。"

母亲按月寄钱给她零用，到了我经济独立以后，便由我来供给她。我们在家里，常常要想到她，提到她，尤其是在国难期间，她的恨声和眼泪，总悬在我的眼前。在日本提出"二十一条"和"五四"那年，学生游行示威的时候，同学们在高呼"打倒日本帝国主义"，我却心里在喊"打死东洋鬼"。仿佛我的奶娘在牵着我的手，和我一同走，和我一同喊似的。

抗战的前两年，我有一个学生到故乡去做调查工作，我托他带一笔款子送给我的奶娘，并托他去访问，替她照一张相片。学生回来时，带来一封书信，一张相片，和一只九成金的戒指。相片上的奶娘是老得多了，那一双老眼却还是笑成两道缝。信上是些不满意于我的话，她觉得弟弟们都结婚了，而我将近四十岁还是单身，不是一个孝顺的长子。因此她寄来一只戒指，是预备送给我将来的太太的。这只戒指和一只母亲送给我的手表，是我仅有的贵重物品，我有时也戴上它，希望可以做一个"婆媳妇"的灵感！

抗战后，死生流转，奶娘的消息便隔绝了。也许是已死去了吧，我辗转都得不到一点信息。我的故乡在两月以前沦陷了，听说焚杀得很惨，不知那许多牺牲者之中，有没有我那良善的奶娘？我倒希望她在故乡沦陷以前死去。否则她没有看得见她的荣官"跨海征东"，却赶上了"东洋人造反"，我不能想象我的亲爱的奶娘那种深悲狂怒的神情……

　　安息吧，这良善的灵魂。抗战已进入了胜利阶段，能执干戈的中华民族的青年，都是你的儿子，跨海征东之期，不在远了！

卷三

千种人生，不抵灯火可亲

小小一个问题——妇女解放问题

瞿秋白

有一天我去看一个朋友，他书桌子上放着几本书。偶然翻开一本《吴梅村词》，看了几页，我的朋友就指着一首《浣溪沙》①说道："这一首就只这一句好。"我看一看，原来是一首闺情词。他指的那一句就是"惯猜闲事为聪明"。我就回答他道："好可是好，你看了不害怕吗？不难受吗？"他不明白。我就道："这首词，这样的诗词、文章、小说、戏剧，就是牢狱里的摄影片。幸而好，现在从这样牢狱里逃出来的越狱女犯已经有了几个了，可惜还没有人替她们拍个照，描写描写她们的非牢狱的生活状况；也许是因为这样的越狱女犯，还很少很少，或者是简直没有。可见现在关在这样牢狱里的很是不少，可是还用得着这些文学家来替她们写照么？还不快快地把她们放出来么？"

你瞧！这样一张手铐脚镣钉着的女犯的相片，怎么不害怕？怎么不难受？可怜不可怜！

唉！要不是钉着手铐脚镣，又何至于"惯猜闲事"才算得"聪明"呢？许许多多精神上的桎梏——纲常、礼教、家庭制度、社会组织、男女相对的观念——造成这样一个精神的牢狱把她们监禁起来；天下的事情在这般不幸的女子眼光中看来哪一件不是闲事呢？既然有这许多桎梏把她们禁锢起来，她们的聪明才力没有可用之处，侥幸的呢，也不过是"舞罢曾无理曲时，妆成只是熏香坐"[②]；不幸的呢，自然是"不分不晓，恹恹默默，一段伤春"[③]了。文学家既然有这样细腻的文心，为什么不想一想，天下有许多"惯猜闲事为聪明"的女子，就有许多手足胼胝还吃不饱肚子的人。

女子既然是受着旧宗教、旧学说、旧社会的影响变成这种样子，似乎这全是旧宗教、旧学说、旧社会造出来的罪恶，文学家不过是把它描写出来罢了。殊不知道文学的作品——诗、词、文章、小说、戏剧——多少有一点支配社会心理的力量。文学家始终要担负这点责任。

"以女子为玩物"，男子说：这是应当的。非但是肉体上，就是精神上跳不出这个范围。这样的牢狱多坚固呵！女子说——她想一想，细想一想。这也是许多事实。他究竟是莫名其妙，他简直是安之若素了，得不着还天天羡慕着呢。这样的牢狱多坚固呵！这不是中国文学家——无题体、香奁体[④]诗词的文人——描写出来的么？这不是他们确定社会上对于男女的观念的利器么？唉！这可以算作中国的妇女神圣观呵！

你不看见，民国三四年间，枕亚⑤、定夷⑥一班人的淫靡小说，影响于社会多大。

你不看见，现在社会上的人多数满脑子装着贾宝玉、林黛玉、杜十娘⑦、花魁的名字，映着《游园惊梦》⑧《游龙戏凤》⑨《荡湖船》⑩的影子，随时随地无形之中可以造成许多罪恶。他们无论怎么样贫苦，无论怎么样富贵，要求精神的愉快、安慰是一样的。精神上的娱乐品——这类的诗词，这类的小说，这类的戏剧——又无论上等的、下等的都是差不多的东西，无非是构成男女不平等的观念。稍识几个字的人就去看这类的小说，听这类的戏，稍高深一点就去看这类的诗词。男女不平等的观念，轻蔑女子的观念——或者就是尊敬女子的观念，怜爱女子的观念，在他们已经是先入为主，根深蒂固的了。怎么谈得到妇女解决问题呢？

现在文学家应当大大注意这一点——戏剧小说尤其要紧，诗词还比较不普遍一些。中国人并非没有美术的生活，旧式的美术的生活就是这个样，所以一说到妇女解放，中国人就会联想到暧昧的事情上去，就真会遇见那样的事。所以非注意于创造新的美术的生活不可，就是现在文学家的责任呵！

这是我因为看见了那句词，起了一种感想——杂乱的感想——随便乱写几句，似乎也有好几层问题在里面，一个小小的妇女解放问题。

这个问题当真的小么？

注释：

① 词名《浣溪沙·断颊微红眼半醒》，全词为："断颊微红眼半醒，背人蓦地下阶行，摘花高处赌身轻。细拨熏炉钟香缭绕，嫩涂吟纸墨敧倾，惯猜闲事为聪明。"

② 出自唐代诗人王维的《洛阳女儿行》，全诗为："洛阳女儿对门居，才可颜容十五余。良人玉勒乘骢马，侍女金盘脍鲤鱼。画阁朱楼尽相望，红桃绿柳垂檐向。罗帷送上七香车，宝扇迎归九华帐。狂夫富贵在青春，意气骄奢剧季伦。自怜碧玉亲教舞，不惜珊瑚持与人。春窗曙灭九微火，九微片片飞花琐。戏罢曾无理曲时，妆成只是熏香坐。城中相识尽繁华，日夜经过赵李家。谁怜越女颜如玉，贫贱江头自浣纱。"

③ 出自南宋词人的《眼儿媚·飞丝半湿惹归云》，全词为："飞丝半湿惹归云。愁里又闻莺。淡月秋千，落花庭院，几度黄昏。十年一梦扬州路，空有少年心。不分不晓，恹恹默默，一段伤春。"

④ "香奁体"指一种专以妇女身边琐事为题材，多绮罗脂粉

之语的诗歌体裁，又称艳体。

⑤ 徐枕亚（1889—1937），近现代小说家。名觉，字枕亚，别署徐徐、泣珠生、东海三郎等，江苏常熟人。

⑥ 李定夷（1890—1963），近现代小说家。字健卿，一字健青，别署定夷、墨隐庐主等，武进人。

⑦ 杜十娘为明朝小说家冯梦龙所作的《杜十娘怒沉百宝箱》中的主人公，此故事收录于小说集《警世通言》卷三十二。京城名妓杜十娘与捐粟入监的太学生李甲两相倾心，共谋百年之好，在与鸨母周旋一番后跳出火坑，随李甲归乡，而李甲却于途中以千金之资将十娘转卖于新安盐商之子孙富，最终杜十娘怒沉百宝，痛斥李甲，投河自尽。

⑧ 明代戏曲家汤显祖所作的《牡丹亭》中的一折。此折描述南宋南安太守杜宝之女杜丽娘十六岁时与侍女春香到后花园春游，见断井颓垣，陡起伤春之感。归房后，梦中与书生柳梦梅至后园相会，定情而别。

⑨ 此故事讲明武宗微服出巡，至梅龙镇，投宿于酒家李龙家，与其妹（或女）李凤姐相爱。最终结局有不同演绎，武宗或对李凤姐始乱终弃，或接入后宫使得有情人终成眷属。

⑩ 又名采莲船，北方称跑旱船，民俗舞蹈之一。

关于女人

瞿秋白

  国难期间女人似乎也特别受难些。一些正人君子责备女人爱奢侈，不肯光顾国货。就是跳舞，肉感等等，凡是和女性有关的，都成了罪状。仿佛男人都成了苦行和尚，女人都进了修道院，国难就会得救了似的。

  其实那不是女人的罪状，正是她的可怜。这社会制度把她挤成了各种各式的奴隶，还要把种种罪名加在她头上。西汉末年，女人的眉毛画得歪歪斜斜，也说是败亡预兆。其实亡汉的何尝是女人！不过，只要看有人出来唉声叹气的不满意女人，我们就知道高等阶级的地位大概有些不妙了。

  奢侈和淫靡只是一种社会崩溃腐化的现象，绝不是原因。私有制度的社会本来把女人也当作私产，当作商品。一切国家，一切宗教，都有许多稀奇古怪的规条，把女人当作什么不吉利的动物，威吓她，使她奴隶般的服从；同时又要她做高等阶级的玩具。正像正人君子骂女人奢侈，板起面孔维持风化，而同时正在偷偷地欣赏肉感的大腿文化。

阿拉伯的一个古诗人说："地上的天堂是在圣贤的经典里，在马背上，在女人的胸脯上。"这句话倒是老实的供状。

自然，各种各式的卖淫总有女人的份。然而买卖是双方的。没有买淫的嫖男，哪里会有卖淫的娼女。所以问题还在卖淫的社会根源。这根源存在一天，淫靡和奢侈就一天不会消灭。女人的奢侈是怎么回事？男人是私有主，女人自己也不过是男人的所有品。她也许因此而变成了"败家精"。她爱惜家财的心要比较的差些。而现在，卖淫的机会那么多，家庭里的女人直觉地感觉到自己地位的危险。民国初年就听说上海的时髦总是从长三堂子传到姨太太之流，从姨太太之流再传到奶奶，太太，小姐。这些"人家人"要和娼妓竞争——极大多数是不自觉的，自然，她们就要竭力地修饰自己的身体，修饰拉得住男子的心的一切。这修饰的代价是很贵的，而且一天一天的贵起来，不但是物质上的代价，还有精神上的代价。

美国一个百万富翁说："我们不怕……，我们的老婆就要使我们破产，较工人来没收我们的财产要早得多呢，工人他们是来不及的了。"中国也许是为着要使工人"来得及"，所以高等华人的男女这样赶紧地浪费着，享用着，畅快着，哪里还管得到国货不国货，风化不风化。然而口头上是必须维持风化，提倡节俭的。

我之节烈观

鲁迅

"世道浇漓，人心日下，国将不国"这一类话，本是中国历来的叹声。不过时代不同，则所谓"日下"的事情，也有迁变：从前指的是甲事，现在叹的或是乙事。除了"进呈御览"的东西不敢妄说外，其余的文章议论里，一向就带这口吻。因为如此叹息，不但针砭世人，还可以从"日下"之中，除去自己。所以君子固然相对慨叹，连杀人放火嫖妓骗钱以及一切鬼混的人，也都乘作恶余暇，摇着头说道，"他们人心日下了。"

世风人心这件事，不但鼓吹坏事，可以"日下"；即使未曾鼓吹，只是旁观，只是赏玩，只是叹息，也可以叫他"日下"。所以近一年来，居然也有几个不肯徒托空言的人，叹息一番之后，还要想法子来挽救。第一个是康有为，指手画脚地说"虚君共和"①才好，陈独秀便斥他不兴；其次是一班灵学派②的人，不知何以起了极古奥的思想，要请"孟圣矣乎"的鬼来画策；陈百年、钱玄同、刘半农又道他胡说。

这几篇驳论，都是《新青年》里最可寒心的文章。时候已是二十世纪了；人类眼前，早已闪出曙光。假如《新青年》里，有一篇和别人辩地球方圆的文字，读者见了，怕一定要发怔。然而现今所辩，正和说地体不方相差无几。将时代和事实，对照起来，怎能不教人寒心而且害怕？

近来"虚君共和"是不提了，"灵学"似乎还在那里捣鬼，此时却又有一群人，不能满足；仍然摇头说道，"人心日下"了。于是又想出一种挽救的方法；他们叫作"表彰节烈"！

这类妙法，自从君政复古时代以来，上上下下，已经提倡多年；此刻不过是竖起旗帜的时候。文章议论里，也照例时常出现，都嚷道"表彰节烈"！要不说这件事，也不能将自己提拔，出于"人心日下"之中。

"节烈"这两个字，从前也算是男子的美德，所以有过"节士"，"烈士"的名称。然而现在的"表彰节烈"，却是专指女子，并无男子在内。据时下道德家的意见，来定界说，大约"节"是丈夫死了，决不再嫁，也不私奔，丈夫死得愈早，家里愈穷，她便节得愈好。"烈"可是有两种：一种是无论已嫁未嫁，只要丈夫死了，她也跟着自尽；

一种是有强暴来污辱她的时候，设法自戕，或者抗拒被杀，都无不可。这也是死得愈惨愈苦，她便烈得愈好，倘若不及抵御，竟受了污辱，然后自戕，便免不了议论。万一幸而遇着宽厚的道德家，有时也可以略迹原情，许她一个"烈"字。可是文人学士，已经不甚愿意替她作传；就令勉强动笔，临了也不免加上几个"惜夫惜夫"了。

总而言之：女子死了丈夫，便守着，或者死掉；遇了强暴，便死掉；将这类人物，称赞一通，世道人心便好，中国便得救了。大意只是如此。

康有为借重皇帝的虚名，灵学家全靠着鬼话。这表彰节烈，却是全权都在人民，大有渐进自力之意了。然而我仍有几个疑问，须得提出。还要据我的意见，给他解答。我又认定这节烈救世说，是多数国民的意思；主张的人，只是喉舌。虽然是他发声，却和四肢五官神经内脏，都有关系。所以我这疑问和解答，便是提出于这群多数国民之前。

首先的疑问是：不节烈（中国称不守节作"失节"，不烈却并无成语，所以只能合称他"不节烈"）的女子如何害了国家？照现在的情形，"国将不国"，自不消说：丧尽良心的事故，层出不穷；刀兵盗贼水旱饥荒，又接连而起。但此等现象，只是不讲新道德新学问的缘故，行为思想，全钞旧帐。所以种种黑暗，竟和古代的乱世仿佛，况且政界军界学界商界等等里面，全是男人，并无不节烈的女子夹杂在内。也未必是有权力的男子，因为受了他们蛊惑，这才丧了良心，放手作恶。至于水旱饥荒，便是专拜龙神，迎大王，滥伐森林，不修水利的祸祟，没有新知识的结果；更与女子无关。只有刀兵盗贼，往往造出许多不节烈的妇女。但也是兵盗在先，不节烈在后，并非因为他们不节烈了，才将刀兵盗贼招来。

其次的疑问是：何以救世的责任，全在女子？照着旧派说起来，女子是"阴类"，是主内的，是男子的附属品。然则治世救国，正须责成阳类，全仗外子，偏劳主体。决不能将一个绝大题目，都阁在阴类肩上。倘依新说，则男女平等，义务略同。纵令该担责任，也只得分担。其余的一半男子，都该各尽义务。不特须除去强暴，还应发挥他自己的美德。不能专靠惩劝女子，便算尽了天职。

其次的疑问是：表彰之后，有何效果？据节烈为本，将所有活着的女子，分类起来，大约不外三种：一种是已经守节，应该表彰的人（烈者非死不可，所以除出）；一种是不节烈的人；一种是尚未出嫁，或丈夫还在，又未遇见强暴，节烈与否未可知的人。第一种已经很好，正蒙表彰，不必说了。第二种已经不好，中国从来不许忏悔，女子做事一错，补过无及，只好任其羞杀，也不值得说了。最要紧的，只在第三种，现在一经感化，她们便都打定主意道："倘若将来丈夫死了，决不再嫁；遇着强暴，赶紧自裁！"试问如此立意，与中国男子做主的世道人心，有何关系？这个缘故，已在上文说明。更有附带的疑问是：节烈的人，既经表彰，自是品格最高。但圣贤虽人人可学，此事却有所不能。假如第三种的人，虽然立志极高，万一丈夫长寿，天下太平，她便只好饮恨吞声，做一世次等的人物。

以上是单依旧日的常识，略加研究，便已发见了许多矛盾。若略带二十世纪气息，便又有两层：

一问节烈是否道德？道德这事，必须普遍，人人应做，人人能行，又于自他两利，才有存在的价值。现在所谓节烈，不特除开男子，绝不相干；就是女子，也不能全体都遇着这名誉的机会。所以决不能认为道德，当作法式。上回《新青年》登出的《贞操论》里，已经说过理由。不过贞是丈夫还在，节是男子已死的区别，道理却可类推。只有烈的一件事，尤为奇怪，还须略加研究。

照上文的节烈分类法看来，烈的第一种，其实也只是守节，不过生死不同。因为道德家分类，根据全在死活，所以归入烈类。性质全异的，便是第二种。这类人不过一个弱者（现在的情形，女子还是弱者），突然遇着男性的暴徒，父兄丈夫力不能救，左邻右舍也不帮忙，于是她就死了；或者竟受了辱，仍然死了；或者终于没有死。久而久之，父兄丈夫邻舍，夹着文人学士以及道德家，便渐渐聚集，既不羞自己怯弱无能，也不提暴徒如何惩办，只是七口八嘴，议论她死了没有？受污没有？死了如何好，活着如何不好。于是造出了许多光荣的烈女，和许多被人口诛笔伐的不烈女。只要平心一想，便觉不像人间应有的事情，何况说是道德。

二问多妻主义的男子，有无表彰节烈的资格？替以前的道德家说话，一定是理应表彰。因为凡是男子，便有点与众不同，社会上只配有他的意思。一面又靠着阴阳内外的古典，在女子面前逞能。然而一到现在，人类的眼里，不免见到光明，晓得阴阳内外之说，荒谬绝伦；就令如此，也证不出阳比阴尊贵，外比内崇高的道理。况且社会国家，又非单是男子造成。所以只好相信真理，说是一律平等。既然平等，男女便都有一律应守的契约。男子决不能将自己不守的事，向女子特别要求。若是买卖欺骗贡献的婚姻，则要求生时的贞操，尚且毫无理由。何况多妻主义的男子，来表彰女子的节烈。

以上，疑问和解答都完了。理由如此支离，何以直到现今，居然还能存在？要对付这问题，须先看节烈这事，何以发生，何以通行，何以不生改革的缘故。

古代的社会，女子多当作男人的物品。或杀或吃，都无不可；男人死后，和他喜欢的宝贝，日用的兵器，一同殉葬，更无不可。

后来殉葬的风气，渐渐改了，守节便也渐渐发生。但大抵因为寡妇是鬼妻、亡魂跟着，所以无人敢娶，并非要她不事二夫。这样风俗，现在的蛮人社会里还有。中国太古的情形，现在已无从详考。但看周末虽有殉葬，并非专用女人，嫁否也任便，并无什么裁制，便可知道脱离了这宗习俗，为日已久。由汉至唐也并没有鼓吹节烈。直到宋朝，那一班"业儒"的才说出"饿死事小失节事大"③的话，看见历史上"重适"④两个字，便大惊小怪起来。出于真心，还是故意，现在却无从推测。其时也正是"人心日下，国将不国"的时候，全国士民，多不像样。或者"业儒"的人，想借女人守节的话，来鞭策男子，也不一定。但旁敲侧击，方法本嫌鬼祟，其意也太难分明，后来因此多了几个节妇，虽未可知，然而吏民将卒，却仍然无所感动。于是"开化最早，道德第一"的中国终于归了"长生天气力里大福荫护助里"的什么"薛禅皇帝⑤，完泽笃皇帝⑥，曲律皇帝⑦"了。此后皇帝换过了几家，守节思想倒反发达。皇帝要臣子尽忠，男人便愈要女人守节。到了清朝，儒者真是愈加利害。看见唐人文章里有公主改嫁的话，也不免勃然大怒道，"这是什么事！你竟不为尊者讳，这还了得！"假使这唐人还活着，一定要斥革功名，"以正人心而端风俗"了。

国民将到被征服的地位，守节盛了；烈女也从此着重。因为女子既是男子所有，自己死了，不该嫁人，自己活着，自然更不许被夺。然而自己是被征服的国民，没有力量保护，没有勇气反抗了，只好别出心裁，鼓吹女人自杀。或者妻女极多的阔人，婢妾成行的富翁，乱离时候，照顾不到，一遇"逆兵"（或是"天兵"），就无法可想。只得救了自己，请别人都做烈女；变成烈女，"逆兵"便不要了。他便待事定以后，慢慢回来，称赞几句。好在男子再娶，又是天经地义，别讨女人，便都完事。因此世上遂有了"双烈合传""七姬墓志"⑧，甚而至于钱谦益的集中，也布满了"赵节妇""钱烈女"的传记和歌颂。

只有自己不顾别人的民情，又是女应守节男子却可多妻的社会，造出如此畸形道德，而且日见精密苛酷，本也毫不足怪。但主张的是男子，上当的是女子。女子本身，何以毫无异言呢？原来"妇者服也"，理应服事于人。教育固可不必，连开口也都犯法。她的精神，也同她体质一样，成了畸形。所以对于这畸形道德，实在无甚意见。就令有了异议，也没有发表的机会。做几首"闺中望月""园里看花"的诗，尚且怕男子骂她怀春，何况竟敢破坏这"天地间的正气"？只有说部书上，记载过几个女人，因为境遇上不愿守节，据做书的人说：可是她再嫁以后，便被前夫的鬼捉去，落了地狱；或者世人个个唾骂，做了乞丐，也竟求乞无门，终于惨苦不堪而死了！

如此情形，女子便非"服也"不可。然而男子一面，何以也不主张真理，只是一味敷衍呢？汉朝以后，言论的机关，都被"业儒"的垄断了。宋元以来，尤其厉害。我们几乎看不见一部非业儒的书，听不到一句非士人的话。除了和尚道士，奉旨可以说话的以外，其余"异端"的声音，决不能出她卧房一步。况且世人大抵受了"儒者柔也"的影响；不述而作，最为犯忌。即使有人见到，也不肯用性命来换真理。即如失节一事，岂不知道必须男女两性，才能实现。他却专责女性；至于破人节操的男子，以及造成不烈的暴徒，便都含糊过去。男子究竟较女性难惹，惩罚也比表彰为难。其间虽有过几个男人，实觉于心不安，说些室女不应守志殉死的平和话，可是社会不听；再说下去，便要不容，与失节的女人一样看待。他便也只好变了"柔也"，不再开口了。所以节烈这事，到现在不生变革。

（此时，我应声明：现在鼓吹节烈派的里面，我颇有知道的人。敢说确有好人在内，居心也好。可是救世的方法是不对，要向西走了北了。但也不能因为他是好人，便竟能从正西直走到北。所以我又愿他回转身来。）

其次还有疑问：

节烈难么？答道，很难。男子都知道极难，所以要表彰她。社会的公意，向来以为贞淫与否，全在女性。男子虽然诱惑了女人，却不负责任。譬如甲男引诱乙女，乙女不允，便是贞节，死了，便是烈；甲男并无恶名，社会可算淳古。倘若乙女允了，便是失节；甲男也无恶名，可是世风被乙女败坏了！别的事情，也是如此。所以历史上亡国败家的原因，每每归咎女子。糊糊涂涂地代担全体的罪恶，已经三千多年了。男子既然不负责任，又不能自己反省，自然放心诱惑；文人著作，反将他传为美谈。所以女子身旁，几乎布满了危险。除却她自己的父兄丈夫以外，便都带点诱惑的鬼气。所以我说很难。

节烈苦么？答道，很苦。男子都知道很苦，所以要表彰她。凡人都想活；烈是必死，不必说了。节妇还要活着。精神上的惨苦，也姑且弗论。单是生活一层，已是大宗的痛楚。假使女子生计已能独立，社会也知道互助，一人还可勉强生存。不幸中国情形，却正相反。所以有钱尚可，贫人便只能饿死。直到饿死以后，间或得了旌表，还要写入志书。所以各府各县志书传记类的末尾，也总有几卷"烈女"。一行一人，或是一行两人，赵钱孙李，可是从来无人翻读。就是一生崇拜节烈的道德大家，若问他贵县志书里烈女门的前十名是谁？也怕不能说出。其实她是生前死后，竟与社会漠不相关的。所以我说很苦。

照这样说，不节烈便不苦么？答道，也很苦。社会公意，不节烈的女人，既然是下品；她在这社会里，是容不住的。社会上多数古人模模糊糊传下来的道理，实在无理可讲；能用历史和数目的力量，挤死不合意的人。这一类无主名无意识的杀人团里，古来不晓得死了多少人物；节烈的女子，也就死在这里。不过她死后间有一回表彰，写入志书。不节烈的人，便生前也要受随便什么人的唾骂，无主名的虐待。所以我说也很苦。

女子自己愿意节烈么？答道，不愿。人类总有一种理想，一种希望。虽然高下不同，必须有个意义。自他两利固好，至少也得有益本身。节烈很难很苦，既不利人，又不利己。说是本人愿意，实在不合人情。所以假如遇着少年女人，诚心祝赞她将来节烈，一定发怒；或者还要受她父兄丈夫的尊拳。然而仍旧牢不可破，便是被这历史和数目的力量挤着。可是无论何人，都怕这节烈。怕他竟钉到自己和亲骨肉的身上。所以我说不愿。

我依据以上的事实和理由，要断定节烈这事是：极难，极苦，不愿身受，然而不利自他，无益社会国家，于人生将来又毫无意义的行为，现在已经失了存在的生命和价值。

临了还有一层疑问：

节烈这事，现代既然失了存在的生命和价值；节烈的女人，岂非白苦一番么？可以答她说：还有哀悼的价值。她们是可怜人；不幸上了历史和数目的无意识的圈套，做了无主名的牺牲。可以开一个追悼大会。

我们追悼了过去的人，还要发愿：要自己和别人，都纯洁聪明勇猛向上。要除去虚伪的脸谱。要除去世上害己害人的昏迷和强暴。

我们追悼了过去的人，还要发愿：要除去于人生毫无意义的苦痛。要除去制造并赏玩别人苦痛的昏迷和强暴。

我们还要发愿：要人类都受正当的幸福。

注释：

① 虚君共和是指君主仅以国家元首身份存在，是一个虚位，并不享有政治实权，如英国。

② 一九一七年十月，俞复、陆费逵等人在上海设盛德坛扶乩，组织灵学会，一九一八年一月刊行《灵学丛志》，提倡迷信与复古。在盛德坛成立的当天扶乩中，称"圣贤仙佛同降"，"推定"孟轲"主坛"；"谕示"有"如此主坛者归孟圣矣乎"等语。

③ "饿死事小失节事大"是宋代道学家程颐的话，见《河南程氏遗书》卷二十二："又问'或有孤孀贫穷无托者，可再

嫁否？'曰：'只是后世怕寒饿死，故有是说。然饿死事极小，失节事极大！'""业儒"，以儒为业，指那些崇奉孔孟学说，提倡封建礼教的道学家。

④ 即改嫁。

⑤ 薛禅，成吉思汗的岳父，生卒年不详。

⑥ 元成宗铁穆耳（1265—1307），元朝第二位皇帝，蒙古帝国第六位大汗。

⑦ 元武宗海山（1281—1311），是元朝第三位皇帝，蒙古帝国第七位大汗。

⑧ "双烈合传"是合叙两个烈女事迹的传记，常见于旧时各省的府县志中。"七姬墓志"，元末明初张士诚的女婿潘元绍被徐达打败，怕他的七个妾被夺，即逼令她们一齐自缢，七人死后合葬于苏州，明代张羽为作墓志，称为"七姬权厝志"。

妇女解放问题

闻一多

认清楚对象

　　争取妇女解放的对象该是整个社会而不是男性。一切问题都是这不合理的社会所产生，都该去找社会去算帐。但社会是看不见的，在这里只能用个人的想象来把它看成一个集体的东西——房屋。我们在这房屋中间生活了几千年，每人都被安放在一个角落上，有的被放得好，放得正，生活过得舒服，有的被放得不正，生活不舒服，就想法改良反抗，于是推推挤挤拿旁人来出气，其实，旁人也没有办法，也不能负责的，这是整个社会结构的问题，就像一座房屋，盖得既不好，年代又久了，住得不舒服，修修补补是没有用处的，就只有小心地把房屋拆下，再重新按照新的设计图样来建筑。对于社会而言，这种根本的办法，就是"革命"。革命并非毁灭，只是小心地把原料拆下来，重新照新计划改造。所以计划得很好的革命，并不是太大的事情。

奴隶制度产生的因素有二：一是种族，二是两性

现在的社会是不合理的，因为这社会里有阶级，阶级的产生由于奴隶制度。奴隶制度产生的因素有两个，一是种族，二是两性。在两个种族打仗的时候，甲族的人被乙族的俘去了，作为生产工具，即是奴隶，原来平等的社会就开始分裂成主奴两个阶级。奴隶的数目愈来愈多的时候，这两个阶级的分别也愈为明显，倘没有另外的种族，那么一切不平等，阶级产生的可能性也可减少。

其次，问到最初被俘的甲族人是男的还是女的，回答说是女的。被俘来的不仅做奴隶，还可做妻子。因为在图腾社会中有一种很重要的制度叫"外婚制"，就是男子不能和他本族的女子结婚，一定得找外族的女子做配偶。在这制度下两族本可交换女子结婚，但因古代婚姻，不单是解决两性的问题，重要的还是经济的问题，大家都需要生产，劳动力，女子在未嫁前帮娘家做活，娘家当然不愿她出嫁而减少一个帮手，使自己受到损失，所以老把女儿留在家里。但另一边同样急切地需要她去生产孩子，在这争持的情形下，产生了抢婚的行为，她既是被抢来的生产工人，便怕她逃回去，或被娘家的人抢回，才用绳子捆起，成为这族的奴隶，所以谈到奴隶制度时，两性的因素不可缺少，甚至"奴隶制"是"外婚制"的发展呢！

女性·奴性和妓性

中国的古人造字，"女"字是"ᘓ"，或"ᘖ"，象征绳子把坐着的人捆住，而"女"字和"奴"字在古时不但声音一样，意义也相同，本来是一个字，只是有时多加一只手牵着"ᘖ"而已，那时候，未出嫁的女儿叫"子"，出嫁后才叫"女"或"奴"，所以妇女的命运从历史的开始起就这么惨了。

现在的社会里，奴隶已逐渐解放了，最先被解放的奴隶是距主人最远的农业奴隶，主人住在城里，他们住在乡间。其次被解放的是贵族的工商业奴隶，主人住在内城，他们住在外城。再其次是在主人身边伺候主人的听差老妈子，而资格最老，历史最久的奴隶——妇女——却还没有得到解放，因为她们和她们的主子——丈夫——的距离太近，关系太密切了，而且生活过得也还可以，不觉得要解放。

从历史上看中国的女性，就是奴性的同义字，三从四德就是奴性的内容。再不客气地说一句，近代西洋女性的妓性比较起来也好不了多少，只是男女关系不固定些而已。奴则老是呆在家里，不准外出，而且固定属于一个男子，妓则要自由得多，妓因有被迫去当的，但自动去当妓，多少带点反抗性，所以近代西洋的妓性比中国的奴性要好一点，因为已解放了一纲，只是不彻底而已。

真女性应该从母性出发而不从妻性出发

　　彻底解放了的新女性应该是真女性，我们先设想在奴隶社会没开始时的那个没有阶级，没有主奴关系的社会，真女性就该以那社会中的天然的，本来的，真正的女性做标准。有人说女子总是女子，在生理上和男子不同，就进化来证明女子该进厨房，其实是不对的，根据人类学，在原始时的女性中心社会里的女子，长得和这时代的女子不同，胸部挺起，声量宽洪，性格刚强，而那时候的男子反因坐得久了，脂肪积储在下体，使臀部变大，同时又因须抚养儿女，性情温柔，声音细弱，所以除了女子能生育而产生母子关系而外，和男子并没有什么不同。真女性就应该从母性出发而不从妻性出发（从妻性出发不成为奴即成为妓）。母亲对待儿子总是慈爱的，愿为儿子操劳，忍耐，甚至勇敢地牺牲，从母性出发的真女性是刚强的，具有一切美德如：仁慈，忍耐，勇敢，坚强。就是雌性的动物在哺乳的时候，总是比雄的还来得凶，来得可怕，俗语中的"母大虫""雌老虎"，古书上称猎得乳虎的做英雄，都是这个意思。女子彻底解放以后，将来的文化要由女子来领导，一切都以妇女为表率，为模范，为中心。

我们不反对女子中看又中用　但最要紧的还是中用

　　妇女的解放，并不是个人的努力所能成功的，必须从整个社会下手，拆下旧房屋，再按照新计划去改造，使成为没有阶级，没有主奴关系的社会。历史照螺旋形发展，从当初开始有奴隶的社会到今天刚好绕了一圈，现在又要到没有奴隶的社会了，这并不是进化，不过这得有理想，有魄力，才能改变到一个新社会。三千年来的历史全错了，要是有一点地方对的，也是偶然碰上了而已。我的这种想法也许有点大胆，有点浪漫；但在这些地方——譬如苏联，已经试验成功了。台维斯的《出使莫斯科记》里说："美国的女子中看不中用，苏联的女子中用不中看。"苏联女子就是从母性出发的真女性，是实际有用的，并不是供人看看的花瓶。当然我们不反对女子中看又中用，但最要紧的还是中用，倘以中看为标准而做去，充其量，只是表现出妓性。还有《延安一月》^①的作者告诉我们延安的妇女已不像女性，也就是说延安的妇女是真正解放了，已不再是奴隶了。现在既有具体的，试验成功的榜样供大家学习，为什么还躲在这社会里呻吟而逃避呢？毕竟妇女解放问题被提出了，热烈地展开讨论了，表示妇女解放的条件已成熟，离真正解放的日子也不远了，一旦妇女真正解放，文化也就变成新的，文学艺术各部门都要以新姿态出现了。

注释：

① 作者赵超构于 1944 年参加中外记者团参观西北，此书即由该次参观中写就的 50 篇通讯稿组成，报道了延安各方面的情形。

论女子为强暴所污

胡适

萧先生原书：

  ……学生有一最亲密的朋友，他的姐姐在前几年曾被土匪掳去，后来又送还他家。我那朋友常以此事为他家"奇耻大辱"，所以他心中常觉不平安；并且因为同学知道此事，他在同学中常像是不好意思似的。学生见这位朋友心中常不平安，也就常将此事放在心中思想。按着中国的旧思想，我这位朋友的姐姐就应当为人轻看，一生受人的侮慢，受人的笑骂。但不知按着新思想，这样的女人应居如何的地位？

  学生要问的就是：

一、一个女子被人污辱，不是她自愿的，这女子是不是应当自杀？

二、若这样的女子不自杀，她的贞操是不是算有缺欠？她的人格的尊严是不是被灭杀？她应当受人的轻看不？

三、一个男子若娶一个曾被污辱的女子，他的人格是不是被灭杀？应否受轻看？

一、女子为强暴所污，不必自杀。

我们男子夜行，遇着强盗，他用手枪指着你，叫你把银钱戒指拿下来送给他。你手无寸铁，只好依着他吩咐。这算不得懦怯。女子被污，平心想来，与此无异。都只是一种"害之中取小"。不过世人不肯平心着想，故妄信"饿死事极小，失节事极大"的谬说。

二、这个失身的女子的贞操并没有损失。

平心而论，她损失了什么？不过是生理上，肢体上，一点变态罢了！正如我们无意中砍伤了一只手指，或是被毒蛇咬了一口，或是被汽车碰伤了一根骨头。社会上的人应该怜惜她，不应该轻视她。

三、娶一个被污的女子，与娶一个"处女"，究竟有什么区别？

若有人敢打破这种"处女迷信"，我们应该敬重他。

祝贺女青年会

胡适

　　我常问自己：我们中国为什么糟到这步田地呢？

　　对于这个问题，自然各人有各人的聪明答案；但我的答案是：中国所以糟到这步田地，都是因为我们的老祖宗太对不住了我们的妇女。

　　我今年到内地旅行，看见内地的小脚妇女走路不像人，脸上没有人色，我忍不住对我的同伴说："我们这个民族真是罪孽深重！祖宗作的孽，子孙总得受报应。我们不知还要糟到什么田地呢！"

　　"把女人当牛马"，这句话还不够形容我们中国人待女人的残忍与残酷。我们把女人当牛马，套了牛轭，上了鞍辔，还不放心，还要砍去一只牛蹄，剁去两只马脚，然后赶她们去做苦工！

　　全世界的人类里，寻不出第二国有这样的野蛮制度！

　　圣贤经传，全没有拯救的功用。一千年的理学大儒，天天谈仁说义，却不曾看见他们的母妻姊妹受的惨无人道的痛苦。

忽然从西洋来了一些传教士。他们传教之外，还带来了一点新风俗，几个新观点。他们给了我们不少的教训，其中最大的一点是教我们把女人也当人看待。

新近去世的李立德夫人^①（Mrs. Archibald Little）便是中国妇女解放的一个恩人，她是天足会^②的创始人。

这几十年中的妇女解放运动，可以说全是西洋文明的影响。基督教女青年会便是一个最好的例。今年是女青年会成立二十年的纪念，我很诚恳地庆贺她们二十年来的种种成绩，并且祝她们继续做中国妇女解放运动的一个先锋。

女青年会是一个基督教的团体，同时又是一个社会服务的团体。我们生在这个时代，大概都能明白宗教的最高表现是给人群尽力。社会服务便是宗教。中国的古人说："未能事人，焉能事鬼？"西洋的新风气也主张"服事人就是服事神"。谋个人灵魂的超度，希冀天堂的快乐，那都是自私自利的宗教。尽力于社会，谋人群的幸福，那才是真宗教。

"天国在人死后"，这是最早的宗教观念。

"天国在你心里"，这是一大革命。

"天国不在天上也不在人心里，是在人间世"，这是今日的新宗教趋势。大家努力，要使天国在人世实现，这便是宗教。

我们盼望女青年会继续二十年光荣的遗风，用她们的宗教精神，不断地努力谋中国妇女的解放，谋中国家庭生活的改善。有一分努力，便有一分效果；减得一分苦痛，添得一分幸福，便是和天国接近一步。

注释：

① 艾丽西亚·比伊克（英语：Alicia Bewicke，1845—1926），号阿希巴尔德·立德夫人（Mrs. Archibald Little），中文习称立德夫人，英国旅游作家，1887-1906年来华，创立天足会，宣导清末妇女不再缠足。

② 光绪二十五年十一月（1899年12月），上海发起成立中国天足会——这是一个禁止妇女缠足，提倡妇女放足的民间社团组织，并出版《天足会报》，广为宣传呼吁，并在全国各地设立分会，发展迅速。

贞操问题

胡适

一

　　周作人先生所译的日本人与谢野晶子①的《贞操论》（《新青年》四卷五号），我读了很有感触。这个问题，在世界上受了几千年的无意识的迷信，到近几十年中，方才有些西洋学者正式讨论这问题的真意义。文学家如易卜生②的《群鬼》和Thomas Hardy③的《苔史》（Tess），都带着讨论这个问题。如今家庭专制最厉害的日本居然也有这样大胆的议论！这是东方文明史上一件极可贺的事。

　　当周先生翻译这篇文字的时候，北京一家很有价值的报纸登出一篇恰相反的文章。这篇文章是海宁朱尔迈④的《会葬唐烈妇记》（七月二十三、四日北京《中华新报》）。上半篇写唐烈妇之死如下：

唐烈妇之死，所阅灰水，钱卤，投河，雉经者五，前后绝食者三；又益之以砒霜，则其亲试乎杀人之方者凡九。自除夕上溯其夫亡之夕，凡九十有八日。夫以九死之惨毒，又历九十八日之长，非所称百挫千折有进而无退者乎？……

下文又借出一件"俞氏女守节"的事来替唐烈妇作陪衬：

女年十九，受海盐张氏聘，未于归，夫夭，女即绝食七日；家人劝之力，始进糜日，"吾即生，必至张氏，宁服丧三年，然后归报地下。"

最妙的是朱尔迈的论断：

嗟乎，俞氏女盖闻烈妇之风而兴起者乎？……俞氏女果能死于绝食七日之内，岂不甚幸？乃为家人阻之，俞氏女亦以三年为己任，余正恐三年之间，凡一千八十日有奇，非如烈妇之九十八日也。且绝食之后，其家人防之者百端，……虽有死之志，而无死之间，可奈何？烈妇倘能阴相之以成其节，风化所关，猗欤甚矣！

这种议论简直是全无心肝的贞操论。俞氏女还不曾出嫁，不过因为信了那种荒谬的贞操迷信，想做那"青史上留名的事"，所以绝食寻死，想做烈女。这位朱先生要维持风化，所以忍心害理的巴望那位烈妇的英灵来帮助俞氏女赶快死了，"岂不甚幸！"这种议论可算得贞操迷信的极端代表。《儒林外史》里面的王玉辉看他女儿殉夫死了，不但不哀痛，反仰天大笑道："死得好！死得好！"（五十二回）。王玉辉的女儿殉已嫁之夫，尚在情理之中。王玉辉自己"生这女儿为伦纪生色"，他看他女儿死了反觉高兴，已不在情理之中了。至于这位朱先生巴望别人家的女儿替他未婚夫做烈女，说出那种"猗欤盛哉"的全无心肝的话，可不是贞操迷信的极端代表吗？

贞操问题之中，第一无道理的，便是这个替未婚夫守节和殉烈的风俗。在文明国里，男女用自由意志，由高尚的恋爱，订了婚约，有时男的或女的不幸死了，剩下的那一个因为生时爱情太深，故情愿不再婚嫁。这是合情理的事。若在婚姻不自由之国，男女订婚以后，女的还不知男的面长面短，有何情爱可言？不料竟有一种陋儒，用"青史上留名的事"来鼓励无知女儿做烈女，"为伦纪生色"，"风化所关，猗欤盛矣"！我以为我们今日若要作具体的贞操论，第一步就该反对这种忍心害理的烈女论，要渐渐养成一种舆论，不但永不把这种行为看作"猗欤盛矣"可旌表褒扬的事，还要公认这是不合人情，不合天理的罪恶；还要公认劝人做烈女，罪等于故意杀人。

这不过是贞操问题的一方面。这个问题的真相，与谢野晶子已经说得很明白了。她提出几个疑问，内中有一条是："贞操是否单是女子必要的道德，还是男女都必要的呢？"这个疑问，在中国更为重要。中国的男子要他们的妻子替他们守贞守节，他们自己却公然嫖妓，公然纳妾，公然"吊膀子"。再嫁的妇人在社会上几乎没有社交的资格；再婚的男子，多妻的男子，却一毫不损失他们的身份。这不是最不平等的事吗？怪不得古人要请"周婆制礼"来补救"周公制礼"的不平等了。

我不是说，因为男子嫖妓，女子便该偷汉；也不是说，因为老爷有姨太太，太太便该有姨老爷。我说的是，男子嫖妓，与妇人偷汉，犯的是同等的罪恶；老爷纳妾，与太太偷人，犯的也是同等的罪恶。

为什么呢？因为贞操不是个人的事，乃是人对人的事；不是一方面的事，乃是双方面的事。女子尊重男子的爱情，心思专一，不肯再爱别人，这就是贞操。贞操是一个"人"对别一个"人"的一种态度。因为如此，男子对于女子，也该有同等的态度。若男子不能照样还敬，他就是不配受这种贞操的待遇。这并不是外国进口的妖言，这乃是孔丘说的"己所不欲，勿施于人"。孔丘说：

> 君子之道四，丘未能一焉：所求乎子以事父，未能
> 也；所求乎臣以事君，未能也；所求乎弟以事兄，未能也；
> 所求乎朋友，先施之，未能也。

孔丘五伦之中，只说了四伦，未免有点欠缺。他理该加上一句道：

> 所求乎吾妇，先施之，未能也。

这才是大公无私的圣人之道！

二

我这篇文字刚才做完，又在上海报上看见陈烈女殉夫的事。今先记此事大略如下：

> 陈烈女名宛珍，绍兴县人，三世居上海。年十七，
> 字王远甫之子菁士。菁士于本年三月廿三日病死，年十八
> 岁。陈女闻死耗，即沐浴更衣，潜自仰药。其家人觉察，

仓皇施救，已无及。女乃泫然曰："儿志早决，生虽未获见夫，殁或相从地下……"言讫，遂死，死时距其未婚夫之死仅三时而已。（此据上海绍兴同乡会所出征文启。）

过了两天，又见上海县知事呈江苏省长请予褒扬的呈文，中说：

呈为陈烈女行实可风，造册具书证明，请予按例褒扬事。……（事实略）……兹据呈称……并开具事实，附送褒扬费银六元前来。……知事复查无异。除先给予"贞烈可风"匾额，以资旌表外，谨援《褒扬条例》……之规定，造具清册，并附证明书，连同褒扬费，一并备文呈送，仰祈鉴核，俯赐咨行内务部将陈烈女按例褒扬，实为德便。

我读了这篇呈文，方才知道我们中华民国居然还有什么《褒扬条例》。于是我把那些条例寻来一看，只见第一条九种可褒扬的行谊的第二款便是"妇女节烈贞操可以风世者"；第七款是"著述书籍，制造器用，于学术技艺有发明或改良之功者"；第九款是"年逾百岁者"！一个人偶然活到了一百岁，居然也可以与学术技艺上的著作发明享受同等的褒扬！这已是不伦不类可笑得很了。再看那条例

《施行细则》解释第一条第二款的"妇女节烈贞操可以风世者"如下：

　　第二条：《褒扬条例》第一条第二款所称之"节"妇，其守节年限自三十岁以前守节至五十岁以后者。但年未五十而身故，其守节已及六年者同。

　　第三条：同条款所称之"烈"妇"烈"女，凡遇强暴不从致死，或羞忿自尽，及夫亡殉节者，属之。

　　第四条：同条款所称之"贞"女，守贞年限与节妇同。其在夫家守贞身故，及未符年例而身故者，亦属之。

　　以上各条乃是中国贞操问题的中心点。第二条褒扬"自三十岁以前守节至五十岁以后"的节妇，是中国法律明明认三十岁以下的寡妇不该再嫁；再嫁为不道德。第三条褒扬"夫亡殉节"的烈妇烈女，是中国法律明明鼓励妇人自杀以殉夫；明明鼓励未嫁女子自杀以殉未嫁之夫。第四条褒扬未嫁女子替未婚亡夫守贞二十年以上，是中国法律明明说未嫁而丧夫的女子不该再嫁人；再嫁便是不道德。

　　这是中国法律对于贞操问题的规定。

　　依我个人的意思看来，这三种规定都没有成立的理由。

　　第一，寡妇再嫁问题。这全是一个个人问题。妇人若是对她已死的丈夫真有割不断的情义，她自己不忍再嫁；或是已有了孩子，不肯再嫁；或是年纪已大，不能再嫁；或是家道殷实，不愁衣食，不必再嫁。妇人处于这种境地，自然守节不嫁。还有一些妇人，对她丈夫，或有怨心，或无恩意，年纪又轻，不肯抛弃人生正当的家庭快乐；或是没有儿女，家又贫苦，不能度日。妇人处于这种境遇没有守节的理由，为个人计，为社会计，为人道计，都该劝她改嫁。

贞操乃是夫妇相待的一种态度。夫妇之间爱情深了，恩谊厚了，无论谁生谁死，无论生时死后，都不忍把这爱情移于别人，这便是贞操。夫妻之间若没有爱情恩意，即没有贞操可说。若不问夫妇之间有无可以永久不变的爱情，若不问做丈夫的配不配受他妻子的贞操，只晓得主张做妻子的总该替她丈夫守节；这是一偏的贞操论，这是不合人情公理的伦理。

再者，贞操的道德，"照各人境遇体质的不同，有时能守，有时不能守；在甲能守，在乙不能守"（用与谢野晶子的话）。若不问个人的境遇体质，只晓得说"忠臣不事二君，烈女不更二夫"；只晓得说"饿死事极小，失节事极大"（用程子语）；这是忍心害理，男子专制的贞操论。

以上所说，大旨只要指出寡妇应否再嫁全是个人问题，有个人恩情上，体质上，家计上种种不同的理由，不可偏于一方面主张不近情理的守节。因为如此，故我极端反对国家用法律的规定来褒扬守节不嫁的寡妇。褒扬守节的寡妇，即是说寡妇再嫁为不道德，即是主张一偏的贞操论。法律既不能断定寡妇再嫁为不道德，即不该褒扬不嫁的寡妇。

第二，烈妇殉夫问题。寡妇守节最正当的理由是夫妇间的爱情。妇人殉夫最正当的理由也是夫妇间的爱情。爱情深了，生离尚且不能堪，何况死别？再加以宗教的迷信，以为死后可以夫妇团圆。因此有许多妇人，夫死之后，情愿杀身从夫于地下。这个不属于贞操问题。但我以为无论如何，这也是个人恩爱问题，应由个人自由意志去决定。无论如何，法律总不该正式褒扬妇人自杀殉夫的举动。一来呢，殉夫既由于个人的恩爱，何须用法律来褒扬鼓励？二来呢，殉夫若由于死后团圆的迷信，更不该有法律的褒扬了。三来呢，若用法律来褒扬殉夫的烈妇，有一些好名的妇人，便要借此博一个"青史留名"；是法律的褒扬反发生一种沽名钓誉，作伪不诚的行为了！

第三，贞女烈女问题。未嫁而夫死的女子，守贞不嫁的，是"贞女"；杀身殉夫的，是"烈女"。我上文说过，夫妇之间若没有恩爱，即没有贞操可说。依此看来，那未嫁的女子，对于她丈夫有何恩爱？既无恩爱，更有何贞操可守？我说到这里，有个朋友驳我道，"这话别人说了还可，胡适之可不该说这话。为什么呢？你自己曾做过一首诗，诗里有一段道：

我不认得他，他不认得我，我却常念他，这是为什么？

岂不因我们，分定常相亲？由分生情意，所以非路人。

海外土生子，生不识故里，终有故乡情，其理亦如此。

依你这诗的理论看来，岂不是已订婚而未嫁娶的男女因为名分已定，也会有一种情意。既有了情意，自然发生贞操问题。你如今又说未婚嫁的男女没有恩爱，故也没有贞操可说，可不是自相矛盾吗？"

我听了这段驳论，几乎开口不得。想了一想，我才回答道：我那首诗所说名分上发生的情意，自然是有的；若没有那种名分上的情意，中国的旧式婚姻决不能存在。如旧日女子听人说她未婚夫的事，即面红害羞，即留神注意，可见她对她未婚夫实有这种名分上所发生的情谊。但这种情谊完全属于理想的。这种理想的情谊往往因实际上的反证，遂完全消灭。

如女子悬想一个可爱的丈夫，及到嫁时，只见一个极下流不堪的男子，她如何能坚持那从前理想中的情谊呢？我承认名分可以发生一种情谊，我并且希望一切名分都能发生相当的情谊。但这种理想的情谊，依我看来实在不够发生终身不嫁的贞操，更不够发生杀身殉夫的节烈。即使我更让一步，承认中国有些女子，例如吴趼人《恨海》里那个浪子的聘妻，深中了圣贤经传的毒，由名分上真能生出极浓挚的情谊，无论她未婚夫如何淫荡，人格如何堕落，依旧贞一不变。

　　试问我们在这个文明时代，是否应该赞成提倡这种盲从的贞操？这种盲从的贞操，只值得一句"其愚不可及也"的评论，却不值得法律的褒扬。法律既许未嫁的女子夫死再嫁，便不该褒扬处女守贞。至于法律褒扬无辜女子自杀以殉不曾见面的丈夫，那更是男子专制时代的风俗，不该存在于现今的世界。

　　总而言之，我对于中国人的贞操问题，有三层意见：

　　第一，这个问题，从前的人都看作"天经地义"，一味盲从，全不研究"贞操"两字究竟有何意义。我们生在今日，无论提倡何种道德，总该想想那种道德的真意义是什么。《墨子》说得好：

　　　　子墨子问于儒者："何故为乐？"曰："乐以为乐也。"
　　子墨子曰："子未我应也。今我问曰：'何故为室？'曰：'冬避寒焉，夏避暑焉，室以为男女之别也。'则子告我为室之故矣。今我问曰：'何故为乐？'曰：'乐以为乐也。'是犹曰：'何故为室？'曰：'室以为室也。'"（《公孟》篇）

　　今试问人"贞操是什么？"或"为什么你褒扬贞操？"他一定回答道，"贞操就是贞操。我因为这是贞操，故褒扬他。"这种"室以为室也"的论理，便是今日道德思想宣告破产的证据。故我做这篇文字的第一个主意只是要大家知道"贞操"这个问题并不是"天经地义"，是可以彻底研究，可以反复讨论的。

第二，我以为贞操是男女相待的一种态度，乃是双方交互的道德，不是偏于女子一方面的。由这个前提，便生出几条引申的意见：

（一）男子对于女子，丈夫对于妻子，也应有贞操的态度。

（二）男子做不贞操的行为，如嫖妓娶妾之类，社会上应该用对待不贞妇女的态度来对待他。

（三）妇女对于无贞操的丈夫，没有守贞操的责任。

（四）社会法律既不认嫖妓纳妾为不道德，便不该褒扬女子的"节烈贞操"。

第三，我绝对的反对褒扬贞操的法律。我的理由是：

（一）贞操既是个人男女双方对待的一种态度，诚意的贞操是完全自动的道德，不容有外部的干涉，不须有法律的提倡。

（二）若用法律的褒扬为提倡贞操的方法，势必至造成许多沽名钓誉，不诚实，无意识的贞操举动。

（三）在现代社会，许多贞操问题，如寡妇再嫁，处女守贞，等等问题的是非得失，却都还有讨论余地，法律不当以武断的态度制定褒贬的规条。

（四）法律既不奖励男子的贞操，又不惩男子的不贞操，便不该单独提倡女子的贞操。

（五）以近世人道主义的眼光看来，褒扬烈妇烈女杀身殉夫，都是野蛮残忍的法律，这种法律，在今日没有存在的地位。

注释：

① 与谢野晶子（1878—1942），是明治至昭和时期活跃的诗人、作家、思想家。她一生著述颇丰，被日本作家田边圣子评为："一千年才出现一个的天才。"

② 亨里克·约翰·易卜生（1828—1906），生于挪威希恩，是一位影响深远的挪威剧作家，被认为是现代现实主义戏剧的创始人。《群鬼》讲述了对婚姻生活不满却无法逃脱的阿尔文太太遭遇种种不幸，最终沦为旧礼教的殉道者和淫乱社会的牺牲品的故事。

③ 托马斯·哈代（1840—1928），英国作家。《苔史》即《德伯家的苔丝》，小说讲述了英格兰夏夫兹堡的贫家少女苔丝的故事，她美丽、单纯且富有责任感，却遭到命运的捉弄。

④ 朱尔迈（1632—1693），清代浙江海宁人，字人远，号日观。著有《平山堂集》。

美国的妇人

胡适

去年冬季，我的朋友陶孟和[①]先生请我吃晚饭。席上的远客，是一位美国女子，代表几家报馆，去到俄国做特别调查员的。同席的是一对英国夫妇和两对中国夫妇，我在这个"中西男女合璧"的席上，心中发生一个比较的观察。那两位中国妇人和那位英国妇人，比了那位美国女士，学问上，智识上，不见得有什么大区别。但我总觉得那位美国女子和她们绝不相同。我便问我自己道，她和她们不相同之处在哪一点呢？依我看来，这个不同之点，在于她们的"人生观"有根本的差别。那三位夫人的"人生观"是一种"良妻贤母"的人生观。这位美国女子的，是一种"超于良妻贤母"的人生观。我在席上，估量这位女子，不过三十岁上下，却带着一种苍老的状态，倔强的精神。她的一言一动，似乎都表示这种"超于良妻贤母的人生观"；似乎都会说道："做一个良妻贤母，何尝不好？但我是堂堂的一个人，有许多该尽的责任，有许多可做的事业。何必定须做人家的良妻贤母，才算尽我的天职，才算做我的事业呢？"这就是"超于良妻贤母"的人生观。我看这一个女子单身走几万里的路，不怕辛苦，不怕危险，要想到大乱的俄国去调查俄国革命后内乱的实在情形——这种精神，便是那"超于良妻贤母"的人生观的一种表示；便是美国妇女精神的一种代表。

这种"超于良妻贤母的人生观"，换言之，便是"自立"的观念。我并不说美国的妇人个个都不屑做良妻贤母，也并不说她们个个都想去俄国调查革命情形。我但说依我所观察，美国的妇女，无论在何等境遇，无论做何等事业，无论已嫁未嫁，大概都存一个"自立"的心。别国的妇女大概以"良妻贤母"为目的，美国的妇女大概以"自立"为目的。"自立"的意义，只是要发展个人的才性，可以不倚赖别人，自己能独立生活，自己能替社会做事。中国古代传下来的心理，以为"妇人主中馈"，"男子治外，女子主内"；妇人称丈夫为"外子"，丈夫称妻子为"内助"。

这种区别，是现代美国妇女所绝对不承认的。她们以为男女同是"人类"，都该努力做一个自由独立的"人"，没有什么内外的区别的。我的母校康奈尔大学，几年前新添森林学一科，便有一个女子要求学习此科。这一科是要有实地测量的，所以到了暑假期内，有六星期的野外测量,白天上山测量,晚间睡在帐篷里,是很苦的事。这位女子也跟着去做,毫不退缩,后来居然毕业了。这是一个例。

列位去年看报定知有一位美国史天孙女士在中国试演飞行机。去年在美国有一个男子飞行家,名叫Carlstrom[②]。从Chicago[③]飞起。飞了四百五十二英里(约一千五百里),不曾中止,当时称为第一个远道飞行家。不到十几天,有一个女子,名叫Ruth Law[④],偏不服气,便驾了她自己的飞行机,一气飞了六百六十八英里,便胜过那个男飞行家的成绩了。这又是一个例。我举这两个例,以表美国妇女不认男外女内的区别。男女同有在社会上谋自由独立的生活的天职。这便是美国妇女的一种特别精神。

这种精神的养成,全靠教育。美国的公立小学全是"男女共同教育"。每年约有八百万男孩子和八百万女孩子受这种共同教育,所发生的效果,有许多好处。女子因为常同男子在一起做事,自然脱去许多柔弱的习惯。男子因为常与女子在一堂,自然也脱去许多野蛮无礼的行为(如秽口骂人之类)。最大的好处,在于养成青年男女自治的能力。中国的习惯,男女隔绝太甚了,所以偶然男女相见,没有鉴别的眼光,没有自治的能力,最容易陷入烦恼的境地,最容易发生不道德的行为。美国的少年男女,从小受同等的教育(有几种学科稍不同),同在一个课堂读书,同在一个操场打球,有时同来同去，所以男女之间，只觉得都是同学，都是朋友，都是"人"：所以渐渐地把男女的界限都消灭了，把男女的形迹也都忘记了。这种"忘形"的男女交际，是增进青年男女自治能力的唯一方法。

以上所说是小学教育。美国的高级教育，起初只限于男子。到了十九世纪中叶以后，女子的高级教育才渐渐发达。女子高级教育可分两种：一是女子大学，一是男女共同的大学，单收女子的高级学校如今也还不少。最著名的，如：

一、Vassar College[⑤]在 Poughkeepsie，N.Y. 有一千二百人。

二、Wellesley College[⑥]在 Wellesley，Mass. 有一千五百人。

三、Bryn Mawr College[⑦]在 Bryn Mawr，Pa. 有五百人。

四、Smith College[⑧]在 Northampton，Mas. 有二千人。

五、Radcliffe College[⑨]在 Cambridge，Mass. 有七百人。

六、Barnard College[⑩]在纽约，有八百人。

这种专收女子的大学，起初多用女子教授，现今也有许多男教授了。这种女子大学，往往有极幽雅的校址，极美丽的校舍，极完全的设备。去年有一位中国女学生，陈衡哲[⑪]女士，做了一篇小说，名叫《一日》，写 Vassar College 的生活，极有趣味。这篇小说登在去年的《留美学生季报》第二号。诸位若要知道美国女子大学的内部生活，不可不读它。

第二种便是男女共同的大学。美国各邦的"邦立大学"，都是男女同校的。那些有名的私立大学，如 Cornell ⑫，Chicago ⑬，Leland Stanford ⑭，也都是男女同校。有几个守旧的大学，如 Yale ⑮，Columbia ⑯，Johns Hopkins ⑰，本科不收女子，却许女子进他们的大学院（即毕业院）。这种男女共校的大学生活，有许多好处。

第一，这种大学的学科比那些女子大学，种类自然更丰富了，因此可以扩张女子高级教育的范围。

第二，可使成年的男女，有正当的交际，共同的生活，养成自治的能力和待人处世的经验。

第三，男学生有了相当的女朋友，可以增进个人的道德，可以减少许多不名誉的行为。

第四，在男女同班的学科，平均看来，女子的成绩总在男子之上——这种比较的观察，一方面可以消除男子轻视女子的心理；一方面可以增长女子自重的观念，更可以消灭女子仰望男子和依顺男子的心理。

据一九一五年的调查，美国的女子高级教育，约如下表：

大学本科	男	141836 人	女	79763 人
大学院	男	10571 人	女	5098 人
专门职业科（如路矿牙医）	男	38128 人	女	1775 人

初看这表，似乎男女还不能平等。我们要知道女子高级教育是最近七八十年才发生的，七八十年内做到如此地步，可算得非常神速了。中美和西美有许多大学中，女子人数或和男子相等（如 Northwestern[18]），或竟比男子还多（如 Northwestern），可见将来未必不能做到高等男女教育完全平等的地位。

美国的妇女教育既然如此发达，妇女的职业自然也发了。"职业"二字，在这里单指得酬报的工作。母亲替儿子缝补衣裳，妻子替丈夫备饭，都不算"职业"。

美国妇女的职业，可用下表表示：

1900 年统计	男	23754000 人	居全数百分之十八
	女	5319000 人	
1910 年统计	男	30091564 人	居全数百分之二十一
	女	8075772 人	

这些职业之中，那些下等的职业，如下女之类，大概都是黑人或新入境的欧洲侨民。土生的妇女所做的职业，大抵皆系稍上等的。教育一业，妇女最多。今举一九一五年的报告如下：

小学校	男教员	114851 人	女教员	465207 人
中学私立	男教员	5776 人	女教员	8250 人
中学公立	男教员	26950 人	女教员	35569 人
师范私立	男教员	167 人	女教员	249 人
师范公立	男教员	1573 人	女教员	2916 人
大学及专门学校	男教员	26636 人	女教员	5931 人

照上表看来，美国全国四分之三的教员都是妇女！即此一端，便可见美国妇女在社会上的势力了。

据一九一零年的统计，美国共有四千四百万妇女。这八百万有职业的妇人，还不到全数的五分之一。那些其余的妇女，虽然不出去做独立的生活，却并不是坐吃分利的，也并不是没有左右社会的势力的。我在美国住了七年，觉得美国没有一桩大事发生，中间没有妇女的势力的；没有一种有价值的运动，中间没有无数热心妇女出钱出力维持进行的。最大的运动，如"禁酒运动""妇女选举权运动""反对幼童作苦工运动"……几乎全靠妇女的功劳，才有今日那么发达。此外如宗教的事业，慈善的事业，文学的事业，美术音乐的事业……最热心提倡赞助的人都是妇女占大多数。

美国妇女的政治活动，并不限于女子选举一个问题。有许多妇女极反对妇女选举权的，却极热心去帮助"禁酒"及"反对幼童普工"种种运动。一九一二年大选举时，共和党分裂，罗斯福自组一个进步党。那时有许多妇女，都极力帮助这新政党鼓吹运动，所以进步党成立的第一年，就能把那成立六十年的共和党打得一败涂地。前年（一九一六）大选举时，从前帮助罗斯福的那些妇女之中，如Jane Addams[19]之流，因为怨恨罗斯福破坏进步党，故又都转过来帮助威尔逊。威尔逊这一次的大胜，虽有许多原因，但他得妇女的势力也就不少。最可怪的是这一次选举时，威尔逊对于女子选举权的主张，很使美国妇女失望。然而那些明达的妇女却不因此便起反对威尔逊的心。这便可见她们政治知识的程度了。

美国妇女所做最重要的公众活动，大概属于社会改良的一方面居多。现在美国实行社会改良的事业，最重要的要算"贫民区域居留地"（Social Settlements）。

这种运动的大旨，要在下等社会的区域内，设立模范的居宅，兴办演说、游戏、音乐、补习课程、医药、看护等事，要使那些下等贫民有些榜样的生活，有用的知识，正当的娱乐。这些"居留地"的运动起于英国，现在美国的各地都有这种"居留地"。提倡和办理的人，大概都是大学毕业的男女学生。其中妇女更多，更热心。美国有两处这样的"居留地"，是天下闻名的。一处在 Chicago，名叫 Hull House，创办的人就是上文所说的 Jane Addams。这位女士办这"居留地"，办了三十多年，也不知道造就了几多贫民子女，救济了几多下等贫家。前几年有一个《独立周报》，发起一种选举，请读那报的人投票公举美国十大伟人。选出的十大伟人之中，有一个便是这位 Jane Addams 女士。这也可想见那位女士的声价了。还有那一处"居留地"，在纽约城，名叫 Henry Street Settlement ，是一位 Lilian Wald [20] 女士办的。这所"居留地"初起的宗旨，在于派出许多看护妇，亲到那些极贫苦的下等人家，做那些不要钱的看病，施药，接生等事。后来范围渐渐扩充，如今这"居留地"里面，有学堂，有会场，有小戏园，有游戏场。那条亨利街本是极下等的贫民区域，自从有了这所"居留地"，真像地狱里有了一座天堂了。以上所说两所"居留地"，不过是两个最著名的榜样，略可表现美国妇女所做改良社会的实行事业。我在美国常看见有许多富家的女子，抛弃了种种贵妇人的快活生涯，到那些"居留地"去居住。那种精神，不由赞叹崇拜。

以上所说各种活动中的美国妇女，固然也有许多是沽名钓誉的人，但是其中大多数妇女的目的只是上文所说"自立"两个字。她们的意思，似乎可分三层。第一，她们以为难道妇女便不配做这种有用的事业吗？第二，她们以为正因她们是妇女，所以最该做这种需要细心耐性的事业。第三，她们以为做这种实心实力的好事，是抬高女子地位声望的唯一妙法：即如上文所举那位 Jane Addams，做了三十年的社会事业，便被国人公认为十大伟人之一；这种荣誉岂是沈佩贞㉑一流人那种举动所能得到的吗？所以我们可说美国妇女的社会事业不但可以表示个人的"自立"精神，并且可以表示美国女界扩张女权的实行方法。

以上所说，不过略举几项美国妇女家庭以外的活动。如今且说她们家庭以内的生活。

美国男女结婚，都由男女自己择配。但在一定年限以下，若无父母的允许，婚约即无法律的效力。今将美国四十八邦法律所规定不须父母允许之结婚年限如下：

男子可自由结婚年限		女子可自由结婚年限	
三十九邦规定	二十一岁	三十四邦规定	十八岁
五邦规定	十八岁	八邦规定	二十一岁
一邦规定	十四岁	二邦规定	十六岁
三邦无法定的年限		一邦规定	十二岁
		三邦无法定的年限	

自由结婚第一重要的条件，在于男女都须要有点处世的阅历，选择的眼光，方才可以不至受人欺骗，或受感情的欺骗，以致陷入痛苦的境遇，种下终身的悔恨。所以须要有法律规定的年限，以保护少年的男女。

据一九一零年的统计，有下列的现象（此表单指白种人而言）：

已婚的男子有 16196452 人	已婚的女子有 15791087 人
未婚的男子有 11291985 人	未婚的女子有 8070918 人
离婚的男子有 138832 人	离婚的女子有 151116 人

这表中，有两件事要说明。第一是不婚不嫁的男女何以这样多？第二是离婚的夫妻何以这样多？美国女子多于男子，故上表前两项皆女子多于男子。

第一，不婚不嫁的原因约有几种：

（一）生计一方面，美国男子非到了可以养家的地位，决不肯娶妻。但是个人谋生还不难；要筹一家的衣食，要预备儿女的教育，便不容易了。因此有家室的便少了。

（二）知识一方面，女子的程度高了，往往瞧不起平常的男子；若要寻恰好相当的智识上的伴侣，却又"可遇而不可求"。所以有许多女子往往宁可终身不嫁，不愿嫁平常的丈夫。

（三）从男子一方面设想，他觉得那些知识程度太高的女子，只配在大学里当教授，未必很配在家庭里做夫人；所以有许多人决意不敢娶那些"博士派"（"Ph.D.type"）的女子做妻子。这虽是男子的谬见，却也是女子不嫁一种小原因。

（四）美国不嫁的女子，在社会上，在家庭中，并没有什么不便，也不致损失什么权利。她一样的享受财产权，一样的在社会上往来，一样的替社会尽力。她既不怕人家笑她白头"老处女"（Old maidens），也不用虑着死后无人祭祀！

（五）美国的女子，平均看来，大概不大喜欢做当家生活。她并不是不会做：我所见许多已嫁的女子，都是很会当家的。有一位心理学大家 Hugo Muensterberg[22] 说得好："受过大学教育的美国女子，管理家务何尝不周到，但她总觉得宁可到病院里去看护病人！"

（六）最重要的原因，还是我上文所说那种"自立"的精神，那种"超于良妻贤母"的人生观。有许多女子，早已选定一种终身的事业，或是著作，或是"贫民区域居留地"，或是学音乐，或是学画，都可用全副精神全副才力去做。若要嫁了丈夫，便不能继续去做了；若要生下儿女，更没有做这种"终身事业"的希望了。所以这些女子，宁可做白头的老处女，不情愿抛弃她们的"终身事业"。

以上六种都是不婚不嫁的原因。

另外，离婚的原因。我们常听见人说美国离婚的案怎样多，便推想到美国的风俗怎样不好。其实错了。

第一，美国的离婚人数，约当男人全数千分之三，女子全千分之四。这并不算过多。

第二，须知离婚有几等几样的离婚，不可一笔抹煞。如中国近年的新进官僚，休了无过犯的妻子，好去娶国务总理的女儿：这种离婚，是该骂的。又如近来的留学生，吸了一点文明空气，回国后第一件事便是离婚，却不想想自己的文明空气是机会送来的，是多少金钱买来的；他的妻子要是有了这种机会，也会吸点文明空气，不致于受他的奚落了！这种不近人情的离婚，也是该骂的。

美国的离婚，虽然也有些该骂的，但大多数都有可以原谅的理由。因为美国的结婚，总算是自由结婚；而自由结婚的根本观念就是要夫妇相敬相爱，先有精神上的契合，然后可以有形体上的结婚。不料结婚之后，方才发现从前的错误，方才知道他两人决不能有精神上的爱情。既不能有精神上的爱情，若还依旧同居，不但违背自由结婚的原理，并且必至于堕落各人的人格，决没有良好的结果，更没有家庭幸福可说了。所以离婚案之多，未必全由于风俗的败坏，也未必不由于个人格的尊贵。我们观风问俗的人，不可把我们的眼光，胡乱批评别国礼俗。

我所闻所见的美国女子之中，很有许多不嫁的女子。那些鼎鼎大名的 Jane Addams，Lilian Wald 一流人，自不用说了。有的终身做老处女，在家享受安闲自由的清福。有的终身做教育事业，觉得个个男女小学生都是她的儿女一般，比那小小的家庭好得多了。如今单举一个女朋友作例。这位女士是一个有名的大学教授的女儿，学问很好，到了二十几岁上，忽然把头发都剪短了，把从前许多的华丽衣裙都不要了。从此以后，她只穿极朴素的衣裳，披着一头短发，离了家乡，去到纽约专学美术。她的母亲是很守旧的，劝了她几年，终劝不回头。她抛弃了世家的家庭清福，专心研究一种新画法；又不肯多用家中的钱，所以每日自己备餐，自己扫地。她那种新画法，研究了多少年。起初很少人赏识，前年她的新画在一处展览，居然有人出重价买去。将来她那种画法，或者竟能自成一家也未可知。但是无论如何，她这种人格，真可算得"自立"两个字的具体的榜样了。

这是说不嫁的女子。如今且说几种已嫁的妇女的家庭。

第一种是同具高等学问，相敬相爱，极圆满的家庭。如大哲学家 John Deway ㉓的夫人，帮助她丈夫办一个"实验学校"，把她丈夫的教育学说实地试验了十年，后来他们的大女儿也研究教育学，替她父亲去考察各地的新教育运动。又如生物学家 Comstock ㉔的夫人，也是生物学名家，夫妇同在大学教授，各人著的书都极有价值。又如经济学家 Alvin Johnson ㉕的夫人，是一个哲学家，专门研究 Aristotle ㉖的学说，很有成绩。这种学问平等的夫妇，圆满的家庭，便在美国也就不可多得了。

第二种是平常中等人家，夫妻同艰苦，同安乐的家庭。我在 Ithaca ㉗时，有一天晚上在一位大学教授家吃晚饭。我先向主人主妇说明，我因有一处演说，所以饭后怕不能多坐。主人问我演什么题目，我说是"中国的婚姻制度"。主人说："今晚没有他客，你何不就在这里先试演一次？"我便取出演说稿，挑出几段，读给他们听。内中有一节讲中国夫妻，结婚之前，虽然没有爱情，但是成了夫妇之后，有了共同的生活，有福同享，有难同当，这种同艰苦的生活也未尝不可发生一种浓厚的爱情。我说到这里，看见主人抬起头来望着主妇，两人似乎都很为感动。后来他们告诉我说，他们都是苦学生出身，结婚以来虽无子女，却同受了许多艰苦。近来境况稍宽裕了，正在建筑一所精致的小屋，她丈夫是建筑工程科教授，自己打图样，他夫人天天去监督工程。这种共同生活，可使夫妇爱情格外浓厚。家庭幸福格外圆满。又一次，我在一个人家过年。这家夫妇两人，也没有儿女，却极相敬爱，同尝艰苦。那丈夫是一位化学技师，因他夫人自己洗衣服，便想出心思替她造了一个洗衣机器。他夫人指着对我说，"这便是我的丈夫今年送我的圣诞节礼了。"这位夫人身体很高，在厨房做事，不很方便，因此她丈夫便自己动手把厨房里的桌脚添高了一尺。这种琐屑小事，可以想见那种同安乐，同艰苦的家庭生活了。

第三种是夫妇各有特别性质，各有特别生活，却又都能相安相得的家庭。我且举一个例。有一个朋友，在纽约一家洋海转运公司内做经理，天天上公司去办事。他的夫人是一个"社交妇人"（Society Woman），善于应酬，懂得几国的文学，又研究美术音乐。每月她开一两次茶会，到的人，有文学家，也有画师，也有音乐家，也有新闻记者，也有很奢华的"社交妇人"，也有衣饰古怪，披着头发的"新妇女"（The New Women）。这位主妇四面招呼，面面都到。来的人从不得见男主人，男主人也从来不与闻这种集会。但他们夫妇却极相投相爱，决不因此生何等间隔。这是一种"和而不同"的家庭。

第四种是"新妇女"的家庭。"新妇女"是一个新名词，所指的是一种新派的妇女，言论非常激烈，行为往往趋于极端。不信宗教，不依礼法，却又思想极高，道德极高。内中固然也有许多假装的"新妇女"，口不应心，所行与所说大相反悖的。但内中实在有些极有思想，极有道德的妇女。

我在 Ithaca 时，有一位男同学，学的是城市风景工程，却极喜欢研究文学，做得极好的诗文，后来我到纽约不上一个月，忽然收到一个女子来信，自言是我这位同学的妻子，因为平日听她丈夫说起我，故很想见我。我自然去见她，谈起来，才知道她是一个"新妇人"，学问思想，都极高尚。她丈夫那时还在 Cornell 大学的大学院研究高等学问。

这位女子在 Columbia 大学做一个打字的书记，自己谋生，每星期五六夜去学高等音乐。他们夫妇隔开二百多英里，每月会见一次，她丈夫继续学他的风景工程，他夫人继续学她的音乐。他们每日写一封信，虽不相见，却真和朝夕相见一样。这种家庭，几乎没有"家庭"可说；但我和他们做了几年的朋友，觉得他们那种生活，最足代表我所说的"自立"的精神。他们虽结了婚，成了夫妇，却依旧做他们的"自立"生活。这种人在美国虽属少数，但很可表示美国妇女最近的一种趋向了。

结论

以上所说"美国的妇女"，不过随我个人见闻所及，略举几端，既没有"逻辑"的次序，又不能详尽。听者读者，心中必定以为我讲"美国的妇女"，单举她们的好处，不提起她们的弱点，未免太偏了。这种批评，我极承认。但我平日的主张，以为我们观风问俗的人，第一个大目的，在于懂得人家的好处。我们所该学的，也只是人家的长处。我们今日还不配批评人家的短处。不如单注意观察人家的长处在什么地方。

那些外国传教的人，回到他们本国去捐钱，到处演说我们中国怎样地野蛮不开化。他们钱虽捐到了，却养成一种贱视中国人的心理。这是我所最痛恨的。我因为痛恨这种单摘人家短处的教士，所以我在美国演说中国文化，也只提出我们的长处；如今我在中国演说美国文化，也只注重他们的特别长处。如今所讲美国妇女特别精神，只在她们的自立心，只在她们那种"超于良妻贤母人生观"。这种观念是我们中国妇女所最缺乏的观念。我们中国的姊妹们若能把这种"自立"的精神来补助我们的"倚赖"性质，若能把那种"超于良妻贤母人生观"来补助我们的"良妻贤母"观念，定可使中国女界有一点"新鲜空气"，定可使中国产出一些真能"自立"的女子。

这种"自立"的精神，带有一种传染的性质。

女子"自立"的精神，格外带有传染的性质。将来这种"自立"的风气，像那传染鼠疫的微生物一般，越传越远，渐渐的造成无数"自立"的男女，人人都觉得自己是堂堂的一个"人"，有该尽的义务，有可做的事业。有了这些"自立"的男女，自然产生良善的社会。良善的社会决不是如今这些互相倚赖，不能"自立"的男女所能造成的。所以我所说那种"自立"精神，初看去，似乎完全是极端的个人主义，其实是善良社会绝不可少的条件。这就是我提出这个问题的微意了。

注释：

① 陶孟和（1887—1960），原名履恭，字孟和，天津人，祖籍浙江绍兴，社会学家。

② 维克多·卡尔斯特罗姆（1890—1917），美国飞行员，曾创造一项跨美国的飞行速度记录，后被鲁斯·洛打破。

③ 美国城市芝加哥，位于美国中西部，属伊利诺伊州。

④ 露丝·劳·奥利弗（1887—1970），20世纪初期美国飞行员的先驱。

⑤ 瓦萨学院，位于美国纽约州波基浦西市，是一所男女合校的享誉美国乃至世界的顶尖文理学院。

⑥ 韦尔斯利女子学院，位于美国马萨诸塞州，是著名的"七姐

妹学院"之首，美国最优秀的女子学院之一。

⑦ 布林莫尔学院，位于美国宾夕法尼亚州。

⑧ 史密斯学院，位于美国马萨诸塞州北安普敦市，是著名的"七姐妹学院"成员。

⑨ 拉德克利夫学院，曾是位于美国马萨诸塞州剑桥的一个女子文理学院，为美国七姐妹学院之一。1999 年全面整合到哈佛大学。

⑩ 巴纳德学院，位于纽约曼哈顿晨边高地，是美国的一所私立女子文理学院，七姐妹学院之一。

⑪ 陈衡哲（1893—1976），原名陈鹏，字乙睇，笔名莎菲，中国女作家，著有《西洋史》。

⑫ 康奈尔大学，是一所位于美国纽约州伊萨卡的私立研究型大学，是美洲大学协会的十四个创会成员之一，及著名体育赛事联盟常春藤盟校的成员。

⑬ 芝加哥大学，位于美国伊利诺伊州芝加哥，是世界著名的私立研究型大学，美洲大学协会 14 个创始会员之一，常年位列各大学排行榜世界前十。

⑭ 小利兰·斯坦福大学，常直接称为斯坦福大学，是一所坐落于美国加利福尼亚州斯坦福的私立研究型大学，是美洲大学

协会的 14 个创始会员之一，因其学术声誉和创业氛围而获评为世界上最知名的高等学府之一。

⑮ 耶鲁大学，是一所坐落于美国康乃狄克州纽黑文市的私立研究型大学，是美洲大学协会的十四个创始校之一，及著名体育赛事联盟常春藤盟校的成员。

⑯ 哥伦比亚大学，是一所坐落于纽约市曼哈顿上城晨边高地的世界顶级私立研究型大学，是美洲大学协会的十四个创会成员之一，及著名体育赛事联盟常春藤盟校的成员，并且是美国第一所授予医学博士学位的大学。

⑰ 约翰·霍普金斯大学（英语：The Johns Hopkins University），简称霍普金斯（Hopkins 或 JHU），是一所主校区位于美国马里兰州巴尔的摩市的研究型私立大学。

⑱ 西北大学，位于美国伊利诺伊州，是美国一间著名的私立研究型大学。

⑲ 劳拉·简·亚当斯（1860—1935），美国社会工作者、社会学家、哲学家和改革家。她因争取妇女、黑人移居的权利而获 1931 年诺贝尔和平奖，也是美国第一个赢得诺贝尔和平奖的女性。

⑳ 莉莲·沃德（1867—1940），美国护士、人道主义者和作家。

㉑ 沈佩贞，民国女权活动家，民主革命家，早年加入中国同盟会，

武昌起义爆发后参加了上海女子北伐队，后加入女子参政同盟会。

㉒ 雨果·明斯特伯格（1863—1916），德国著名心理学家、美学家，人称"应用心理学之父"。

㉓ 约翰·杜威（1859 年—1952），美国哲学家和教育家，美国实用主义哲学的重要代表人物。与夫人一起开办实验小学。

㉔ 约翰·亨利·康斯托克（1849—1931），美国著名生物学家和教育家。其妻为安娜·博茨福德·康斯托克（1854—1930），是美国艺术家、教育家、自然保护主义者和自然研究运动的领导者。

㉕ 阿尔文·桑德斯·约翰逊（1874—1971 年 6 月 7 日），美国经济学家。

㉖ 亚里士多德，古希腊哲学家。他和柏拉图、苏格拉底（柏拉图的老师）一起被誉为西方哲学的奠基者。亚里士多德的著作是西方哲学的第一个广泛系统，包含道德、美学、逻辑和科学、政治和形而上学。

㉗ 伊萨卡，是位于美国纽约州五指湖南部地区的一座城市，美国常春藤盟校康奈尔大学所在地。

天真与经验

梁遇春

　　天真和经验好像是水火不相容的东西。我们常以为只有什么经验也没有的小孩子才会天真，他那位饱历沧桑的爸爸是得到经验，而失掉天真了。可是，天真和经验实在并没有这样子不共戴天，它们俩倒很常是聚首一堂。英国最伟大的神秘诗人勃来克①著有两部诗集：《天真的歌》（*Songs of Innocence*）同《经验的歌》（*Songs of Experience*）。

　　在《天真的歌》里，他无忧无虑地信口唱出晶莹甜蜜的诗句，他简直是天真的化身，好像不晓得世上是有龌龊的事情的。然而在《经验的歌》里，他把人情的深处用简单的词句表现出来，真是找不出一个比他更有世故的人了。他将伦敦城里扫烟囱孩子的穷苦，娼妓的厄运说得辛酸凄迷，可说是看尽人间世的烦恼。可是他始终仍然是那么天真，他还是常常亲眼看见天使。当他的工作没有做得满意时候，他就同他的妻子双双跪下，向上帝祈祷。他快死的前几天，那时他结婚已经有四十五年了，一天他看着他的妻子，忽然拿起铅笔叫道："别动！在我眼里你一向是一个天使；我要把你画下。"他就立刻画出她的相貌。这是多么天真的举动。尖酸刻毒的斯惠夫特[②]写信给他那两位知心的女人时候，的确是十足的孩子气，谁去念 The Journal to Stella（《致斯芬腊的书信集》）这部书信集，也不会想到写这信的人就是 Gullivers Travels[③]的作者。斯蒂芬生[④]在他的小品文集《贻青年少女》（Virginibus Puerisque）中，说了许多世故老人的活。尤其是对于婚姻，讲有好些叫年青的爱人们听着会灰心的冷话。但是他却没有失丢了他的童心，他能够用小孩子的心情去叙述海盗的故事，他又能借小孩子的口气，著出一部《小孩的诗园》（A Child's Garden of Verses），里面充满着天真的空气，是一本儿童文学的杰作。可见确然吃了知识的果，还是可以在乐园里逍遥到老。我们大家并不是个个都像亚当先生那么不幸。

也许有人会说，这班诗人们的天真是装出来的，最少总有点做作的痕迹，不能像小孩子的天真那么浑脱自然，毫无机心。但是，我觉得小孩子的天真是靠不住的，好像个很脆的东西，经不起现实的接触。并且当他们才发现出人情的险诈同世路的崎岖时候，他们会非常震惊，因此神经过敏地以为世上除开计较得失利害外是没有别的东西的，柔嫩的心或者就这么麻木下去，变成个所谓值得父兄赞美的少年老成人了。

他们从前的天真是出于无知，值不得什么赞美的，更值不得我们欣羡。桌子是个一无所知的东西，它既不晓得骗人，更不会去骗人，为什么我们不去颂扬桌子的天真呢？小孩子的天真跟桌子的天真并没有多大的分别。至于那班已坠世网的人们的天真就大不同了。他们阅历尽人世间的纷扰，经过了许多得失哀乐，因为看穿了鸡虫得失的无谓，又知道在太阳底下是难逢笑口的，所以肯将一切利害的观念丢开，来任口说去，任性做去，任情去欣赏自然界的快乐。他们以为这样子痛快地活着才是值得的。他们把机心看作是无谓的虚耗，自然而然会走到忘机的境界了。他们的天真可说是被经验锻炼过了，仿佛像在八卦炉里蹲过，做成了火眼金睛的孙悟空。人世的波涛再也不能将他们的天真卷去，他们真是"世路如今已惯，此心到处悠然"，这种悠然的心境既然成为习惯，习惯又成天然，所以他们的天真也是浑脱一气，没有刀笔的痕迹的。这个建在理智上面的天真绝非无知的天真所可比拟的，从无知的天真走到这个超然物外的天真，这就全靠着个人的生活艺术了。

忽然记起我自己去年的生活了，那时我同G常作长夜之谈。有一晚电灯灭后，蜡烛上时，我们搓着睡眼，重新燃起一斗烟来，就谈着年青人所最爱谈的题目——理想的女人。我们不约而同地说道最可爱的女子是像卖解⑤、女优⑥、歌女等这班风尘人物里面的痴心人。她们流落半生，看透了一切世态，学会了万般敷衍的办法，跟人们好似是绝不会有情的，可是若使她们真真爱上了一个情人，她们的爱情比一般的女子是强万万倍的。她们不像没有跟男子接触过的女子那样盲目，口是心非的甜言蜜语骗不了她们，暗地皱眉的热烈接吻瞒不过她们的慧眼，她们一定要得到了个一往情深的爱人，才肯来永不移情地心心相托。她们对于爱人所以会这么苛求，全因为她们自己是恳挚万分。至于那班没有经验的女子，她们常常只听到几句无聊的卿卿我找，就以为是了不得了，她们的爱情轻易地结下，将来也就轻易地勾销，这哪里可以算作生生死死的深情。不出闺门的女子只有无知，很难有颠扑不破的天真，同由世故的熔炉里铸炼出来的热情。数十年来我们把女子关在深闺里，不给她们一个得到经验的机会，既然没有经验来锻炼，她们当然不容易有个强毅的性格，我们又来怪她们的水性杨花，说了许多混话，这真是太冤枉了。我们把无知误解作天真，不晓得从经验里突围而出的天真才是可贵的，因此上造了这九州大错，这又要怪谁呢？

没有尝过劳苦的人们是不懂得安逸的好处的，没有感到人生的寂寞的人们是不能了解爱的价值的，同样地未曾有过经验的孺子是不知道天真之可贵的。小孩子一味天真，糊糊涂涂地过日，对于天真并未曾加以认识，所以不能做出天真的诗歌来，笨大的爸爸们尝遍了各种滋味，然后再洗涤俗虑，用锻炼过后的赤子之心来写诗歌，却做出最可喜的儿童文学，在这点上就可以看出入世的经验对于我们是最有益的东西了。老年人所以会和蔼可亲也是因为他们受过了经验的洗礼。必定要对于人世上万物万事全看淡了，然后对于一二件东西的留恋才会倍见真挚动人。宋诗里常有这种意境。欧阳永叔⑦的"棋罢不知人换世，酒阑无奈客思家"，同苏长公⑧的"存亡惯见浑无泪，乡井难忘尚有心"，全能够表现出这种依依的心情。虽然把人世存亡全置之度外，漠然不动于衷，但是对于客子的思家同自己的乡愁仍然是有些牵情。这种怅惘的情怀是多么清新可喜，我们读起来觉得比处处留情的才子们的滥情是高明得多，这全因为他们的情绪受过了一次蒸馏。从经验里出来的天真会那么带着诗情也是为着同样的缘故。

　　蔼里斯⑨在他的杰作《性的心理的研究》第六卷里说道："就说我们承认看着裸体会激动了热情，这个激动还是好的，因为它引起我们的一种良好习惯，自制。为着恐怕有些东西对于我们会有引诱的能力，就赶紧跑到沙漠去住，这也可说是一种可怜的道德了。我们应当知道在文化当中故意去创造出一个沙漠来包围自己，这种举动是比别的要更坏得多了。我们无法丢掉热情，即使我们有这个决心；何尔巴哈①说得好，理智是教人怎样拣择正当的热情，教育是教人们怎样把正当的热情种植培养在人心里面。观看裸体有一个精神上的价值，那可以教我们学会去欣赏我们没有占有着的东西，这个教训是一切良好的社会生活的重要预备训练。小孩子应当学到看见花，而不想去采它；男人应当学到看见着一个女人的美，而不想占有她。"我们所说的天真常是躲在沙漠里，远隔人世的引诱这类的天真。经验陶冶后的天真是见花不采，看到美丽的女人不动枕席之念的天真。

人世是这么百怪千奇，人命是这样他生未卜，这个千载一时的看世界机会实在不容错过，绝不可误解了天真意味，把好好的人儿囚禁起来，使他草草地过了一生，并没有尝到做人的意味，而且也不懂得天真的真意了。这种活埋的办法绝非上帝造人的本意，上帝是总有一天会跟这班刽子手算账的。我们还是别当刽子手好吧，何苦手上染着女人、小孩子的血呢！

注释：

① 威廉·布莱克（1757—1827），英国诗人、画家，浪漫主义文学代表人物之一。

② 乔纳森·斯威夫特（1667—1745）英国－爱尔兰作家。他作为一名讽刺文学大师，以《格列佛游记》和《一只桶的故事》等作品闻名于世。

③ 即《格列佛游记》。

④ 罗伯特·路易斯·巴尔福·史蒂文森（1850—1894），苏格兰小说家、诗人与旅游作家，也是英国文学新浪漫主义的代表之一。

⑤ 指以表演武艺、马戏、杂技等谋生的人。"解"字读 xiè，意为武术套路。

⑥ 女演员。

⑦ 欧阳修，下及诗句出自《梦中作》，全诗为：夜凉吹笛千山月，路暗迷人百种花。棋罢不知人换世，酒阑无奈客思家。

⑧ 苏轼，下及诗句出自《过永乐文长老已卒》，全诗为：初惊鹤瘦不可识，旋觉云归无处寻。三过门间老病死，一弹指顷去来今。存亡惯见浑无泪，乡井难忘尚有心。欲向钱塘访圆泽，葛洪川畔待秋深。

⑨ 阿尔伯特·艾利斯（1913-2007），美国心理学家。

⑩ 路德维希·安德列斯·费尔巴哈（1804 年 7 月 28 日—1872 年 9 月 13 日），德国哲学家。

寻觅优秀的女人

毕淑敏

寻觅优秀的女人。

女人占了人类的一半。这个数字是多少？假定人类有六十亿，广义的女人（从垂垂老妪到嗷嗷待哺的女婴），就有三十亿。假如我们把女孩的年龄界定在十五至三十岁，大约占女人总人数的五分之一吧，那也有六个亿了。

仰望漫天霞霓，俯瞰苍茫人寰，常常想，这其中最优秀的女人该有多少？

优秀女人首要该是善良

之所以把善良排得惟此为大，是因为这个世界残酷太多。权力场，金钱场，情场，战场……到处弥漫着硝烟，到处流淌着血污。在温文尔雅的面纱下，潜伏着充满杀机的眼睛。优秀的女孩赋有净化灵魂的使命，她们像明矾一样，使世界变得澄清，她们的血像油一样润滑了车轮，历史艰难地向前滚动。女人的善良是人类温情的源泉。

善良的女人知多少？

这个比例实在是不敢高估。女性其实是极不易保持善良的。她们遭受的屈辱多，她们自身的负担重。在被伤害之后，易滋生出火焰一样的报复。在悲伤之余，常在凄冷的黑夜咬牙切齿，对整个生活发出女巫般的诅咒。

原谅我，女人们。虽然我很想说出一个有关你们善良的高比例，犹如我们面对一块待检的金石，报出它是十金足赤。但事实是，历经磨难而终不改善良本性的女人，像一道穿流污浊仍清澈见底的小溪，其实是很罕见的。苍老的妇人多见狞恶之色，琐碎之色，猥琐之色，就是证明。

优秀女人其次应该是智慧的

女人比男人更需要智慧，因为她们是更柔软的动物。智慧是优秀女人贴身的黄金软甲，救了自身才可救旁人。没有智慧的女人，是一种通体透明的藻类，既无反击外界侵袭的能力，又无适应自身变异的对策，她们是永不设防的城市。智慧是女人纤纤素手中的利斧，可斩征途的荆棘，可斫身边的赘物。面对波光诡谲的海洋，智慧是女儿家永不凋谢的白帆。优秀的智慧的女性，代表人类的大脑半球，对世界发出高亢而略带尖锐的声音，在每一面山壁前回响。

但女人难得智慧。她们多的是小聪明，乏的是大清醒。过多的脂粉模糊了她们的眼睛，狭隘的圈子拘谨了她们的想象。她们的嗅觉易在甜蜜的语言中迟钝，她们的脚步易在扑朔的路径中迷离。智慧不单单是天赋的独生女，她还是阅历、经验、胆魄三位共同的学生。智慧是一块璞，需要雕琢。而雕琢需要机遇。

不是每一块宝石都会璀璨，不是每一粒树种都会挺拔。

我是一个保守的农人。面对一块贫瘠土地上的麦苗，实在不敢把收成估计得太好。智慧的女人通常比我们想象的要少。

优秀的女人还需要勇气

在这颗小小的星球上，什么矛盾都不存在了，男人和女人的矛盾依然欣欣向荣。交战的双方永远互相争斗，像绳子拧出一个个前进的螺纹。假如你是一个优秀的女人，无论你朝哪个领域航行，或迟或早你将遭遇这个世界上最优秀的男人。不要奢望有一处干燥的麦秸可供你依傍，不要总在街上寻找古旧的屋檐避雨。当你不如一个男人的时候，他会宽宏大量地帮助你，当你超过一个男人的时候，他会格外认真地对抗你。这不知是优秀女人的幸与不幸。善良的、智慧的、有勇气的女人，安敢在黑暗的旷野独自唱着歌走路，安敢在没有天桥没有船也没有乌鸦的野渡口，像美人鱼一般泅过河。

这个比例有多少？

望着这个越来越稀少的队伍，我真不忍心将筛孔做得太大。但女人天性胆小，就像含羞草乐意把叶子合起来一样。你不能苛求她们。

现在，在漫长阶梯上行走的女人已经不多了。

最后让我们来说说美丽吧

在这样艰苦的跋涉之后再来要求女人的美丽，真是一种残酷。犹如我们在暴风雨以后寻找晶莹的花朵。

但女人需要美丽。美丽是女人最初也是最终的魅力。不美丽的女人辜负了造物主的青睐，她们不是世上的风景，反倒成了污染。

何为美丽？一千个人有一千种说法。我只能扔出我的那一块砖。

美丽的女人首先是和谐的。面容的和谐，体态的和谐，灵与肉的和谐。美丽并非一些精致巧妙的零件的组合，而是一种整体的优美。甚至缺陷也是一种和谐，犹如月中的桂影。那不是皓月引发无数遐想最确实的物质基础吗？和谐是一种心灵向外散发的光辉，它最终走向圣洁。

美丽其次应该是柔和的。太辛辣太喧嚣的感觉不是美，而是一种刺激。优秀女人的美丽像轻风，给世界以潜移默化的温馨。当然，它也容纳篝火一般的热情。可是你看，跳动的火苗舒卷的舌头是多么的柔和，像嫩红的枫叶，像浸湿的红绸。激情的局部仍旧是细致而绵软的。

美丽的女人应该是持久的。凡稍纵即逝的美丽都不是属于人的，而是属于物的。美丽的女人少年时像露水一样纯洁，青年时像白桦一样蓬勃，中年时像麦穗一样端庄，老年时像河流一样入海口，舒缓而磅礴。

美丽的女人经得起时间的推敲。时间不是美丽的敌人，而只是美丽的代理人。它让美丽在不同的时刻呈现出不同的状态，从单纯走向深邃。

女人的美丽不是只有一根蜡烛的灯笼，它是可以不断燃烧的天然气。时间的掸子轻轻地扫去女人脸上的红颜，但它是有教养的，还女人一件永恒的化妆品——叫作气质。可惜有的女人很傻，把气质随手丢掉了。

也许可以说，所有美好的女人都是美丽的。

我在女性的群体里砌了一座金字塔。它是我心目中的女性黄金分割图。

这样一路算下来，优秀的女人多乎哉？不多也。

是不是我的比例过于苛刻？是不是我对于世界过于悲观？是不是我看女人的暗影太多？是不是优秀和平庸原不该分得太清？

现代的世界呼唤精品。女士们买一个提包都要求质量上乘，为什么我们不寻求自身的优秀？

优秀的女人也像冰山，能够浮到海面上的只有庞大体积的几十分之一。精品绝不会太多，否则就是赝品或是大路货了。

难道女人不该像拥有眼睛一样拥有善良吗？难道没有智慧的女人不是像没有翅膀的鸟儿一样无法翱翔？难道坚韧不拔果敢顽强对于女人不是像衣衫一般重要？难道女人不是像老妪爱惜自己最后一颗牙齿一样爱惜美丽？

让我们都来争取做一个优秀的女人吧。为了世界更精彩，为了自身更完美，为了和时间对抗，为了使宇宙永恒。

地球旅馆

宏景 | 联合出品

捧读文化
触及身心的阅读

全国总经销

出品人　张进步　孙至付

策划监制　程　碧

装帧设计　仙境设计

新浪微博

微信公众号

出版投稿、合作交流，请发邮件至：innearth@foxmail.com

了解新书，图书邮购、团购、采购等，请联系发行电话：010-85805570